何谈风雅

陈歆耕历史文化随笔

陈歆耕 著

作家出版社

图书在版编目（CIP）数据

何谈风雅：陈歆耕历史文化随笔 / 陈歆耕著. -- 北京：作家出版社，2021.2
ISBN 978-7-5063-8683-8

Ⅰ. ①何… Ⅱ. ①陈… Ⅲ. ①随笔－作品集－中国－当代 Ⅳ. ①I267.1

中国版本图书馆CIP数据核字（2020）第250811号

何谈风雅：陈歆耕历史文化随笔

作　　者：陈歆耕
插　　图：苏金成
责任编辑：杨兵兵
装帧设计：今亮后声 HOPESOUND pankouyugu@163.com · 王秋萍
出版发行：作家出版社有限公司
社　　址：北京农展馆南里10号　　**邮　　编**：100125
电话传真：86-10-65067186（发行中心及邮购部）
86-10-65004079（总编室）
E-mail:zuojia@zuojia.net.cn
http://www.zuojiachubanshe.com
印　　刷：河北鹏润印刷有限公司
成品尺寸：152×230
字　　数：179千
印　　张：16.25
版　　次：2021年2月第1版
印　　次：2021年2月第1次印刷
ISBN　978-7-5063-8683-8
定　　价：48.00元

作者简介

陈歆耕，曾任《解放军报》记者部副主任、《文学报》社长、总编。中国作家协会会员、中国报告文学学会理事、上海作家协会理事、上海大学客座教授。

著有中篇小说集《孤岛》，中短篇报告文学集《青春驿站》《海水下的冰山》，长篇报告文学《点击未来战争》《废墟上的觉醒》《赤色悲剧》《小偷回忆录》，传记《剑魂箫韵：龚自珍传》，文化批评随笔集《快语集》《谁是谋杀文学的元凶》《各打五十大板》《美人如玉剑如虹》等10多部。作品收入新中国建立以来军事文学大系。曾获多种新闻文学奖。

目录

自序　半生落魄已成翁

很喜欢徐渭晚年写的这首题画诗：

半生落魄已成翁，
独立书斋啸晚风。
笔底明珠无处卖，
闲抛闲掷野藤中。

第一句可以自喻。第二句以下则不敢“代人”。所谓“独立”只能是相对的，纯粹的“独立”做不到。至于“啸晚风”，人老了，喉咙嘶哑，发不出一定的声量，“啸”从何出？还有一重因素，不是一个人站到野旷无人处，想怎么“啸”都可以的。手头一部二十多年前写的非虚构书稿，至今尚未有面世的机会。怎么能随便乱“啸”呢？后面两句与本人更无关了。虽然闲时也涂涂鸦，完全是自慰式的自娱自乐。徐渭先生是中国文人画开风气的大师，因此自叹笔底明珠无人识。想当年，有农人喜欢徐渭的画，提几只螃蟹，到徐渭处换一张螃蟹画。有人嘲笑农人傻，用一串活螃蟹，居然换来的是纸螃蟹。在他们眼中，徐渭信笔涂画出来的纸螃蟹是分文不值的。谁能料想，今日用阳澄湖的一湖螃蟹，能否换来徐渭的一幅纸螃蟹，也需要画一个大大的问号。

喜欢徐渭的这首诗，并非因为有什么“代入感”，而是钦佩先生虽处潦倒困境，仍能够吟诗作画、洒脱不羁、啸立书斋。

乙未初春，愚夫终于告别朝九晚五的职业生涯，回到自己神往的书斋了。“结庐在人境，而无车马喧。问君何能尔，心远地自偏。”一卷在手，心无旁骛的感觉真好！当然，这样的感觉也并非时时都有。手机垃圾信息，经常也会侵蚀掉许多宝贵的时光。

常有如饥似渴的迫不及待，原因乃是过去长期营养不良。但一口吃成个“胖子”也不现实。书海泛舟，因生命的长度所限，我知道永远也抵达不到彼岸，小船儿只能是划到哪里算哪里。向何处去，往哪里划，皆漫无目标，随心所欲，无固定计划。也不给自己施加任何压力，把自己弄成一个移动的书橱。

在完成原计划中的《剑魂箫韵：龚自珍传》后，我选择的第一个阅读方向是《老子》，先是读了上海一位已故老报人写的《老子入门》，随后涉猎的是陈鼓应版《老子今注今译》，以及有关老子的其他一些版本。原打算顺着这条线再读《庄子》，因一个偶然的因素涉足艺术史，为北宋元祐年间一段高端的文人雅聚史料所痴迷。这个文人雅聚史称“西园雅集”。参与此次雅集的巨公贤达有苏东坡、苏辙、黄庭坚、秦观、李公麟、米芾、晁补之、张耒、王诜等。这么一个阵容，在文学艺术史上，可谓空前，是否绝后不好说。虽然此前有王羲之召集的声名远播的“兰亭雅集”，此后有民国时期林徽因的“太太客厅”，但参与者的整体文学艺术成就、地位，与“西园雅集”比，显然都不在一个层次上。被这个雅集吸引，我开始搜集相关的书籍和参考文献，很想写一部《北宋“西园雅集”记》。在阅读过程中，边界被不断地拓宽，书柜中不断填入涉及宋史的各类书籍，以至我要买一个新的书橱来存放新购入的书。

阅读中，脑子里会不断蹦跳出一些疑问，为了将问号拉直，又须涉足更多的参考文献。在此基础上，我将阅读的感受陆陆续续整理出来，形成各自独立成章的文字。汇集在这里的一组文史随笔，大多是近两年阅读的收获。长期研究散文创作和散文史的专家范培松先生，将随笔这类文体比喻成什么都可以往里装的“牛皮筋”。我承认，已经出版的四本随笔，的确有点像“牛皮筋”，有的偏重评论，有的偏重叙事，有的夹叙夹议。但我对随笔文体的特征，还是有一个基本的定位，即“评论性的叙事”。是评述与叙事的结合，叙事服从于评论，为观点提供支撑，而观点又必须生发于真实的事件和史实。其文风又不同于呆滞的论文，应尽可能活泼有趣、注入个人性情，即所谓随性是也。我的理解当否，还请方家赐正。本书汇集文字，试图定位更明晰：内容为文史类，而表述则力求接近我对随笔文体的理解。

在这里，要感谢曾首发这些不成熟随性文字的《文学自由谈》《名作欣赏》等诸多报刊；感谢作家出版社提供结集出版的机会，感谢责任编辑杨兵兵字斟句酌付出的辛劳，感谢上海美术学院苏金成教授提供水墨画配图。

这本历史随笔的面世，意味着我的小船将暂靠在一座小岛边歇息。且允划桨人上岸吃两条烤鱼，喝几盅茶，眺望远方的云海舟楫，发发呆。小船将继续划向何方，不知道。仍是听从心绪、感觉的牵引。

2020年6月2日　于耕乐堂

柳永为何写颂词走“霉运”

一

在中国，但凡是个文人，或识得几个字，恐怕没有不知道柳永的。不仅仅因为他是中国词史上婉约派的标志性词家。

可以说，每个男人的梦中都盘桓着一个抛却俗世浮尘、醉酣石榴裙下的“柳永”，每个女人的寝榻都希望有一个风情万种、怜香惜玉的“柳永”。

一读书便成“冬烘先生”的男人，女人不喜欢；一入仕便满脑壳揣摩“圣意”的男人，女人也不喜欢。大概也非男人本性。

很想在当代的文人或明星级别的艺人中，找一位与柳永差可比拟人物，拈须苦思多日，终不得其果。才情一流，颜值一流，还得有一流的“撩妹”功夫，这样的人儿真的打灯笼满世界去找，也难找出第二个。即便如《红楼梦》中的贾公子，虽有一副好皮囊，但也只是成天在裙衩间钻来钻去，一读书便两眼发直的纨绔子弟，更别说才情横溢了。

愚夫早就没了那份“风流”性情，面对一堆史料，居然也被柳永、柳三变、柳七爷迷住了，有了写几笔的冲动。怎奈写他的人实在太多了，网上一搜便有一堆写他的书。且一写他，原本文笔枯涩的，也忽地流光溢彩了。但将多种版本找来一翻，便发现疑云重重，以讹传讹、捕风捉影、真假混杂的所谓“趣闻轶事”太多，一个真实的柳永仍在云山雾海中。

如此说，似乎笔者打算著文还原一个真实的柳永？非也。我可不想吃这份苦，花太多的精力钩沉考校，为柳永驱除迷雾。此勾当还是留给对柳永有兴趣的老学究或专吃柳永饭的研究机构去完成。我只想写写我眼中的柳永。

有一个影响柳永命运的谜团始终纠缠着我，那就是如题所示：柳永为何写颂词却走“霉运”？写颂词走红运，才是一个预想中的因果关系，偏偏这个“因”和“果”超出了正常的推断，成了柳永一生中一个重要的拐点。本文试图将这个“?”拉直。最终拉直了没有，不知道。或许仍是一团雾，那就让它随风飘散。反正历史的山道上，塞满了这样的迷雾，有时化作雨水淋湿行人衣背，有时蒸腾为云在阳光下折射迷离之光……

面对它们，除了无奈，还是无奈。

二

柳永仕途本就不顺。历经科考五次落榜，才于景祐末年（1037），考中进士第三甲，授睦州团练推官，命运有了转机。

需要提请留意的是，柳永中进士是仁宗亲政后的第一次开科，而柳永因写颂词触“霉头”，也是因为仁宗。

柳永在“脱褐”步入仕途前，名气就已经很大。但这个“名气”对柳永入仕是起正向推动作用，还是反向拖曳作用，真不好说。他的名气显然不似王安石那样因一份万言书而震动朝野，而是因为“少有俊才，尤精乐章”[①]。不仅如此，柳永词名可谓唱响在京城内外的歌坊青楼，乃至一个寂寂无名的美伎，只要柳永为她写一首词，在词中植入歌伎芳名，该歌伎即会随着歌词传唱迅疾走红，原本门庭冷落的歌坊，也会变得门庭若市。通常求得柳永词的歌伎也会奉上一笔不菲的润格费。当然，有时在一宿“鸳鸯绣被翻红浪”之后，柳永也会丢下那包银子珠宝，潇洒地一挥手，迎着“杨柳岸”的“晓风残月”而去……

也有歌伎因柳永一首词而成为终身红颜知己的。如一位名虫虫的歌伎，成了柳永的妾。无论他得意还是落难，这位有情有义的虫虫一直伴随柳永至老迈归天。

在笔者看来，柳永的这种“名气”，在正统文人和高居庙堂的官员眼中乃雕虫小技，上不得台面的，甚至招来“诟病”；而柳永的词才，到了写科举策论时，也就成了短板。科举文需要的是引经据典、阐述“政见”，而“梨花一枝春带雨”这类词人艺术感觉显然派不上用场。因此柳七爷的五次落榜，也不能说考官有意跟他过不去。古代士人只有入仕一条道。将柳永逼入所谓的“正道”，经受身心双重煎熬，是历史局限造成的。如在当今，柳永可以成为受人仰慕的著名专业词家，没准儿还能拿一个诺贝尔文学奖之类。这么说也并非胡思乱想。2016年的诺贝尔文学奖就颁给了美国歌手鲍勃·迪伦，引起世界哗然。鲍勃·迪伦主要靠歌喉出道，而柳永

---

① 王辟之《渑水燕谈录》，《全宋笔记》第二编（四）第90页，大象出版社2017年1月版。

真正是文学天才。论文学才华，柳七爷肯定要甩鲍氏N条街，获诺奖也定然不会有争议。因此，柳永靠歌词创作就可以过他的风流倜傥日子，不必奔什么官道的。

史实证明，柳永压根儿也非“官场中人”。

一只本可自由飞翔的鸟儿，偏要扑腾翅膀为自己找一只笼子。

三

绕了一圈儿，该回到让柳永走“霉运”的那首颂词了。

柳永先任睦州团练推官，再移任余杭令，在宝元元年（1038）、52岁时，受到仁宗赏识，超擢为著作郎，授西京陵台令。也仅仅是一个从六品的官阶，专管皇家陵墓安全及祭祀之类小事务。这勾当听起来不怎么响亮，成天与那些阴气沉沉的亡灵为伴，偶尔搞点祭祀活动，与柳永性情太不相符了。不过，好歹这也是京官，而且品级比原先高了几个级别。任期满后改官太常博士，在太常寺任职，仍然是做些与祭祀有关的小事。

就在柳永56岁这一年（1042），他激情满怀地写了一首著名的颂词《醉蓬莱·渐亭皋叶下》进呈圣上：

醉蓬莱

渐亭皋叶下，陇首云飞，素秋新霁。华阙中天，锁葱葱佳气。嫩菊黄深，拒霜红浅，近宝阶香砌。玉宇无尘，金茎有露，碧天如水。

正值升平，万几多暇，夜色澄鲜，漏声迢递。南极星中，有老人呈瑞。此际宸游，凤辇何处，度管弦清脆。太液波翻，披香帘卷，月明风细。[①]

关于这首词的写作背景，以及如何得罪了仁宗皇帝，宋人笔记中有一段较为详细的记载：

柳三变，景祐末登进士第。……后以疾，更名永，字耆卿。皇祐中，久困选调，入内都知史某，爱其才而怜其潦倒。会教坊进新曲《醉蓬莱》，时司天台奏老人星现，史乘仁宗之悦，以耆卿应制。耆卿方冀进用，欣然走笔，甚自得意，词名《醉蓬莱慢》。比进呈，上见首有“渐”字，色若不悦。读至“宸游凤辇何处”，乃与御制真宗挽词暗合，上惨然。又读至“太液波翻”，曰“何不言‘波澄’？”乃掷于地。永自此不复进用。[②]

这段记载的前数句，是说“入内都知史某”，同情柳永有才却久沉下僚，趁老人星出现（皇家视为吉兆），邀柳永应制写颂词，试图借此讨得仁宗欢悦，也许柳永的命运就彻底翻转。仁宗在政务之余，是喜欢听听小曲的，而且也听过很多柳永的曲子。有此契机，柳永尽心尽力，挥洒才情，一曲“甚自得意”的《醉蓬莱》稿

① 《柳永词集》第52页，上海古籍出版社2009年8月版。
② 王辟之《渑水燕谈录》卷八，《全宋笔记》第二编（四）第90~91页，大象出版社2017年1月版。

成。谁料想史某有意帮忙做好事，反成“倒忙”；柳永的“甚自得意”却惹得仁宗勃然大怒，将其稿甩掷于地，吓得内史小官伏地捣蒜般磕头，额头要磕出血来。“上见首有‘渐’字，色若不悦。”这个“渐”犯了什么忌？“笔记”作者未说，当代柳学专家简雪庵先生的解读是“皇帝病笃曰‘大渐’”[①]。这还得了？这个“渐”让皇上联想到身体的严重疾患，难怪产生微妙的“不悦”。“读至‘宸游凤辇何处’，乃与御制真宗挽词暗合，上惨然。”真宗的挽词中有“俨时巡之仙仗，护川逝之宸仪。呜呼哀哉！攀鼎龙兮莫皇，瞻幄凤兮何有”句，这个柳七爷也忒大意了，能怪圣上面孔“惨然”吗？写活人连接到亡人，挨到谁也“惨然”。再看下文“又读至‘太液波翻’，曰‘何不言‘波澄’？’乃掷之地，永自此不复进用”。有了前面的“不悦”“惨然”，又再来一个“翻”字，直冲皇家大忌，无怪乎仁宗的心情坏到极顶了。

常言道，拍马屁拍到马腿上。这岂止是“拍到马腿上”？“拍到马腿”只是“拍”的位置不对，未拍到那个兴奋点上。在仁宗感觉中，柳永这是用榔头敲打甚或是用剑戳啊！柳永的官运不复有翻转之日，也就可以理解了。

简雪庵先生对柳永写颂词触犯仁宗，还有另一种解析。他认为：“柳永入京后写的歌功颂德之词多不胜举……却没有想到仁宗会不会听得腻味了，也没有想到物极必反。”[②]

简先生所言不无道理。入仕前，柳永写了大量颂扬歌伎的词。颂扬歌伎，写得再多，她们也不会腻。因为她们处于社会最底层，

---

① 简雪庵《晓风残月·柳永传》第340页，作家出版社2016年10月版。
② 简雪庵《晓风残月·柳永传》第210页，作家出版社2016年10月版。

《相逢何必曾相识》 苏金成

被大多数人视作玩物，得不到人格平等意义上的尊重。有这么一位词坛才子，曲尽她们的丽质娇美，只会让她们身价提升，开心感激。入仕后，柳永调转笔墨，大量创作颂扬皇上的词曲，完全没有意识到颂扬的对象与过去相比有云泥之别，一不小心就会“颂”出麻烦来，甚至“颂”掉脑袋。“颂”得太多，就成刻意阿谀奉承，容易被上司怀疑居心不良。皇上的耳畔本就颂音缭绕，如何把握时机、拿捏分寸、恰到妙处，这是一门比音律、词章更为复杂高超的艺术。而柳永欠缺的恰恰是音律、词章外的庙堂心机、狡诈、手腕、权谋。

有词评家称：“仁宗谓不云‘波澄’，无论‘澄’字，前已用过。而‘太’为徵音，‘液’为宫音，‘波’为羽音，若用‘澄’字商音，则不能协，故仍用羽音之‘翻’字。两羽相属，盖宫下于徵，羽承于商，而徵下于羽。‘太液’二字，由出而入，‘波’字由入而出，再用‘澄’字而入，则一出一入，又一出一入，无复节奏矣。且由‘波’字接‘澄’字，不能相生。此定用‘翻’字。‘波翻’二字，同是羽音，而一轩一轾，以为俯仰。此柳氏深于音调也。”①

这又是一个书呆子。论音调，柳永自然是专家。用不着他在此卖弄一番。症结在于，这不是音调协和不协和，而是一个涉及皇上龙体安康、生死，大宋江山稳定的问题。政治错了，音调无所谓对错。

---

① 焦循《雕菰楼词话》，《柳永词集》第54页，上海古籍出版社2009年8月版。

四

应该说，柳永主观上绝无要冒犯皇上的意图，也绝对不会想到某些词句会惹“翻”皇上。他失误的深层次因素在于，对当朝官家的经历、心理、个性、处事风格，缺少足够的揣摩和研究。为皇上写颂词，岂可不深自考量便率尔操觚？

仁宗是一个什么样的皇帝呢？先举一例。

景祐二年（1035），仁宗询问参知政事盛度：“王曾、吕夷简都力求退，何也？”时王、吕皆任相。盛度对曰：“二人腹心之事，臣不得而知，陛下询二人以孰可代者，则其情可察矣！”仁宗分别询问王曾、吕夷简，王曾推荐了蔡齐，吕夷简推荐了宋绶。仁宗索性就将这四人统统罢免了，而独留盛度。你看，就连宰相级别的官员，也琢磨不透仁宗的心思。仁宗在官员的调整、任用事宜上，表现得尤为敏感多疑。这个盛度，就比王、吕精明多了。[①]

仁宗赵祯在位42年，前13年由刘太后垂帘听政，实际执政近30年，是两宋执政时间最长，也是以“仁”著称、颇获史家好评的宋皇。元祐七年（1092），大臣范祖禹在《上哲宗乞法仁宗五事》中曰：“臣掌国史，伏睹仁宗皇帝在位四十二年，丰功盛德固不可得而名言，所可见者，其事有五：畏天、爱民、奉宗庙、好学、纳谏。仁宗能行此五者于天下，所以为仁也。”[②]仅就纳谏这

①《宋史》卷二百九十二，简雪庵《晓风残月·柳永传》第212页，作家出版社2016年10版。

② 陈胜利《弱宋》第18页，清华大学出版社2016年8月版。

一点，仁宗算得上是很有雅量的皇帝了。包拯任监察御史和谏官，在面陈谏议时，常常因挨得太近，唾沫星子喷到了仁宗脸上，仁宗用衣袖擦去口水，还会继续听他的高论。

但仁宗因童年特殊经历，对宫廷内外的钩心斗角、尔虞我诈、欺上瞒下，又表现得特别警醒，乃至过度猜疑、敏感、揣度。在用人问题上一贯不按常理出牌，让他的贴身大臣也会发蒙。仁宗直到亲政时才获悉，他的生母不是刘太后，而是刘太后身边侍女李氏，已先刘太后死去。原因在真宗专宠妃子刘娥，要纳她为皇后，但刘娥肚子不争气，生不出孩子，就上演了借侍女李氏肚子生儿（仁宗）的鬼把戏，谎称己出，成功坐上皇后宝座，又垂帘听政十多年，过足了女皇瘾。这谎言居然被隐瞒了二十多年。就连仁宗生母李氏在刘太后身前死去，也成历史疑案。十有八九，刘太后动了手脚。李氏生病，刘太后派亲信"张怀德押医官"入侍医治，李氏"遽薨，年四十六"。[①]仁宗从未见过生母。可以想象，听闻此事会给身心带来多么沉重的打击？

面对这位既有"雅量"，又敏感多疑的官家，柳永采取一味颂扬的单向思维方式，摔跟头岂不是迟早的事？至于在颂词中"惟务钩摘好语，却不参考出处"，更属低级错误了。仁宗在怒掷柳词后发问："有欲为之地耳！"质疑柳永进呈颂词动机不纯，有个人小九九，还真被他疑中了。在此案上，显然不该为柳永"鸣冤"，而仁宗对柳永"自此不复进用"的处罚并不为过。

如果某人因为精通音律、词曲，凭堆砌佳词丽句一味"歌功颂

---

① 陈振《宋史》第179页，上海人民出版社2016年8月版。

德”，还能混个“尚书”“知制诰”之类，绝非用贤任能的正道之举，仁宗在历史上的形象也要大打折扣了！

五

就在因《醉蓬莱》触犯仁宗本年岁末，柳永被移任苏州通判，离开京都。家眷仍暂留京城。后来的岁月中，柳永如同一枚被任意摆弄的“棋子”，几乎不停息地在旅途中颠簸。先后在苏州、成都、潭州、华州、杭州任地方小官。常常是到一地数月，席不暇暖，又颠踬于漫长的新的旅途，恐怕屁股要颠出老茧、一身老骨头也要被颠得散架了。

从这一时期柳永词中频繁出现的字句，可一窥其心境：

衰杨古柳，几经攀折，憔悴楚宫腰。（《少年游》）

长安古道马迟迟，高柳乱蝉嘶。（《少年游》）

一望关河萧索，千里清秋。……岂知聚散难期，翻成雨恨云愁。（《曲玉管》）

江枫渐老，汀蕙半凋，满目败红衰翠。（《卜算子慢》）

游宦成羁旅。……刚断肠、惹得离情苦。（《安公子》）

……

真个是满目“败红衰翠”“雨恨云愁”啊！

幸好在舟车劳顿中，有苦中还能逗乐的虫虫伴随，让他在身心疲惫不堪时，时时获得精神和心灵的几许慰藉。

到了64岁、在杭州任上时，柳永一次饭后偶然想起前辈诗人孙冕致仕前写的一首诗，对人生有了顿悟，终于想提前了断这个折腾了他半辈子的“仕途”，不再在官场的“名缰利锁”里虚度时光。孙冕诗写道：“人生七十鬼为邻，已觉风光属别人。莫待朝廷差致仕，早谋泉石养闲身。去年河北曾逢李，今日西河又见陈。寄语苏州孙太守，也须抖擞老精神。”①吟罢孙冕诗，柳永随即写《求致仕表》，半年不见动静，又呈《再求致仕表》，隔一年第三次上《求致仕表》……三次上表求致仕，均不见下文。至和二年（1055）四月，太守孙沔兴冲冲地告知：“圣上明鉴，诏耆卿兄回京。”柳永不信，孙沔又加重语气：“邸报已到府，哪能有误？只是尚不知任何差遣？”②此时的柳永五脏内不知道翻滚着的是酸、是甜、是苦，还是辣？夜半醒来，免不了要老泪纵横吧！

柳永69岁回京，未被差遣新的职位，第二年便“致仕”了。如果揣测一下，也许仁宗见柳郎中三次上表求退，心生恻隐，只是将他调回汴京安家罢了。没有直接批复他的《求致仕表》，也算是给他一个面子。于此细微处可见仁宗心机之深。

嘉祐五年（1060）五月，一代词人在京城遭逢大疫时与世长辞，享年74岁。临终前特别嘱咐，不要向亲友和当朝宰相发讣告。

有些野史笔记称柳永穷困潦倒死于僧庙，由歌伎凑钱安葬，是不符合史实的。实际情况是柳永由家人先寄葬于京郊，出殡时送葬的行列中自动加入了数不清着缟衣素服的歌伎，她们个个泪湿衣

---

① 简雪庵《晓风残月·柳永传》第300页，作家出版社2016年10月版。

② 简雪庵《晓风残月·柳永传》第306页，作家出版社2016年10月版。

袖、哭声震天。相信她们的泪水中都浸透了真诚。大概王公贵胄也未必能享受到这份真诚吧！比之才华，柳永最为可爱处是他真心喜欢并尊重女性——当然是俏丽佳人，不问身世地位，而见其“蕙质兰心”。

他的至爱虫虫居然也于同一天随他而去。柳永一生有虫虫，不枉人世走一遭啊！

二十余年后，柳永子将其父墓迁葬于镇江。

长江无语东逝水，流淌着一代才人不朽的词魂。

在柳永走“霉运”时，又凸显其词人本色，新词佳曲如山泉喷涌。笔墨尤见洒脱、跳荡，气骨更显雄逸、硬朗。歌峰峦叠嶂，叹沧海桑田，颂美姬佳人，抒羁旅愁肠，咏患难挚情……才随墨舞，情缘笔跃，任性飞扬，不复有少年轻薄俗艳、入仕初颂圣媚态。连东坡先生也有点不自信地问玉堂幕士：“我词何如柳七？”东坡对柳词还有一段高评：“世言柳耆卿词俗，非也。如《八声甘州》云：‘风霜凄紧，关河冷落，残照当楼。’此语于诗句不减唐人。”[①]

叶梦得在《避暑录话》中记载：“凡有井水处，即能歌柳词。”

有此柳永足矣！

后人有谁会介意柳郎中算几品官阶呢？

---

① 《柳永词集》第93页，上海古籍出版社2009年8月版。

刀尖上颤抖的灵魂

东坡居士该死多少回

“乌台诗案”是中国文史上的一个重大事件，其主角是大文豪苏东坡。在此案中，东坡先生经受了一百余天的牢狱之灾，差一点脑袋搬家。同样的事件，如果发生在明、清两朝，结局绝对恐怖。不仅苏东坡自个儿要掉脑袋，不知道还会株连多少人？

说苏东坡差点儿“脑袋搬家”，绝不是危言耸听。从御史台弹劾他的奏章中可以看出，参与弹劾的官员是铁了心要将他往死里整的。

御史中丞李定在“札子”中称：“臣窃谓轼有可废之罪四……”然后一一列举，其三曰：“轼所为文辞，虽不中理，亦足以鼓动流俗，所谓言伪而辨。当官侮慢，不循陛下之法，操心顽愎，不服陛下之化，所谓行伪而坚。言伪而辨，行伪而坚，先王之法当诛……”在李定的弹劾奏章中，出现最频繁的字眼是“废”和“诛”。“废”可理解成废掉一切职位俸禄，也可理解成包含“废”掉被弹劾者的肉体；“诛”可理解成谴责，也可理解成“诛杀”，这是中国文字多义带来的弹性空间。这个空间是留给皇上去定夺的，而对苏东坡恨得磨刀霍霍的李定，心中想的当然是后者——从重从速将这个家伙彻底“废”掉。[①]

监察御史里行舒亶的“札子”，将苏东坡的罪愆，几乎推向必死无疑的地步。先言轼：“包藏祸心，怨望其上，讪䜩慢骂，而无复人臣之节者，未有如轼也。”然后列举具体诗文，坐实东坡讥讽变法的行为确凿无疑，并将此种讥讽行为直接与对皇上的态度勾连，用心狠毒：“其尤甚者，至远引襄汉梁、窦专朝之士，杂取小说燕蝠争晨昏之语，旁属大臣，而缘以指斥乘舆，盖可谓大不恭矣。”“乘舆”代指皇上，“大不恭”律该处死。文中又进而“点”皇上之“火”来“烧烤”苏东坡：“臣独不知陛下何负于天下与轼辈，而轼敢为悖慢，无所畏忌，以至如是。”最后恳求：“按轼怀怨天之心，造讪上之语，情理深害，事至暴白，虽万死不足以谢圣时……伏望陛下体先王之义，用治世之重典，付轼有司，论如大不恭，以戒天下之为人臣子者。”

一“死”不足，需“万死”，不知苏东坡这条命可以死多少回？

参与弹劾的尚有监察御史里行何正臣、国子博士李宜之等，数箭连发，用语皆杀气腾腾：“愚弄朝廷”“为恶不悛”……罪该当诛！[②]

君子耶，小人耶

平心而论，东坡先生被拘捕，险至杀身，遭此厄运、磨难，自身也有该吸取的教训。我看到的传记和文章，几乎都把东坡说成是

① 孔凡礼《苏轼年谱》第447页，中华书局1998年2月版。
② 孔凡礼《苏轼年谱》第447～450页，中华书局1998年2月版。

一个完美的受害者，恐怕也不太符合客观史实。余秋雨先生在《黄州突围》一文中，把“乌台诗案”的原因说成是因东坡“名太高”而遭遇一帮小人“嫉恨”，完全是脱离史实的臆断。“乌台诗案”的生发，不仅仅涉及变法与反变法政见的分歧，还有“私怨”在其中发酵。

构建此案的主角是李定，曾是王安石的弟子。其时，李定是被皇上倚重的执掌御史台的权势滔天的人物。他的存在，对东坡来说，是一颗时刻可能被引爆的“地雷”。大多史家习惯将李定说成是迫害苏东坡的“小人”。苏东坡的文名越是响亮，而李定“小人”的恶名也就越发昭彰。但细究起来，事情并非如此简单。历史上很多人物，也不是用“君子”或“小人”就可以简单划分的。“君子”与“小人”间，也不存在不可逾越的鸿沟。“小人”向前一步可能是“君子”，“君子”退后一步可能成“小人”。某人在某件事或某时段有君子之风，而在另一件事或另一时段，则可能比“小人”还卑劣。

说李定是随时可能被苏东坡引爆的“地雷”，不仅因为李定是力主变法的御史台高官，手中握有监察弹劾“利剑”，而且另有缘由。从元丰二年（1079）“乌台诗案”发生往前推至熙宁三年（1070），李定任秀州军事判官，是一个地方小官。这一年，王安石的变法团队推行青苗法，与司马光的反变法团队正为此法是否可行争论不休，双方处于胶着状态。此时李定应调至京城，等候新的任命。远离京都的李定，对朝堂之上变法之争的“口水仗”已形同冰炭，一概不知。他至京都拜见的第一位官员是反变法派人士李常。李常问：“南方之民，以青苗为何如？”李定据实相告：“皆便之，无不善者。”李常听了，神态有点诡异地提醒他："今朝廷方争此，君见人切勿为此言也。"李定感到蹊跷，我说的是实情，有何不可言说呢？随后又去拜见王安石，将青苗法在底层受百姓所喜之情如实相告。王安石听后"喜甚"，太好了，他正需要来自底层的最有说服力的反馈，让它成为回击反变法派的证言。于是将之引荐给神宗皇帝。正为青苗法是否推行犹豫不决的神宗听后大悦，将李定批付"中书"，拟安排至知谏院，担任监察御史里行。①

李定给王安石、神宗皇帝提供的信息，成了变法派推行青苗法的"压舱石"。李定以"火箭式"上升速度被提拔重用，从最底层小官，一下子进入朝堂中枢。同时也遽然成为朝廷两派争斗中的焦点人物。对李定的重用遭遇强大阻力。尽管有皇上"手诏"，但先后三位中书舍人拒绝起草诏书。这还了得，连皇帝想任用的人，也敢抗命设障？这是谁的天下？统统调离。李定终于坐到了监察御史里行的位子上。他成了王安石、神宗皇帝眼中的"红人"，也成了反变法团队必欲将其万箭穿心的靶标。

要扳倒李定，必须有足够的理由和证据。围绕青苗法再打"口水仗"显然是不行了。在那个年代，要让一个人的"人设"瞬间崩塌的核子武器是什么呢？真的要佩服反变法派的快速反应能力，他们"扒坑"的速度和深度，简直超过今日网民。

仅仅在李定上任数日，监察御史陈荐就上章弹劾李定其母死后匿丧不报。

李定父亲李问除正房外，还纳有小妾。在李定任泾县主簿时，

① 刘成国《王安石年谱长编（三）》第1063页，中华书局2018年1月版。

一位曾是李父小妾、实际已改嫁多年的仇氏死去，传闻是李定生母。这已经是几年前的事了。

这还了得，贪恋官位、不尽孝道，是破坏人伦道德的品行大问题，司马光、苏东坡都先后接连上章弹劾，用语尖刻犀利。皇帝下诏令江东淮浙转运使衙门调查此案。时隔不长，转运使上呈报告称，查阅以前档案，只有李定因父亲年迈请求归家赡养的文书，无其母死亡记载。传闻有一个名仇氏的女子之死，但无法确定是不是李定生母。

神宗允许李定上章自辩。李定上章奏称，他不清楚自己是否为仇氏所生，曾询问父亲，父亲否认仇氏是他生母，故未给仇氏守丧。此事成了一笔说不清、道不白的糊涂账。李定父亲否认仇氏为李定生母，那么总该告诉李定他的生母究竟是谁，难不成连自己的儿子是谁生的也弄不清楚？此时李定父亲已经不在人世了，要不然登门一问便知。李定不太可能连自己生母也不清楚，其背后的隐情大概不便为外人道。

在陆游的《老学庵笔记》中，有一段关于此事的记载："仇氏初在民间，生子为浮屠，曰了元，所谓佛印禅师也。已而为广陵人国子博士李问妾，生定；出嫁郜氏，生蔡奴。"[①]这段文字证明，李定的确为仇氏所生。但这个仇氏先后三嫁，李定父亲是她的第二个丈夫。在她死时，已经是郜家的人，与李家恩断情绝。因此她死后，李定父亲否认李定为仇氏所生，不愿儿子为这个改嫁他人妇的小妾守丧。这是李定一段非常尴尬的"隐私"。虽无法明着为仇氏

---

① 陆游《老学庵笔记》第6页，中华书局1979年11月版。

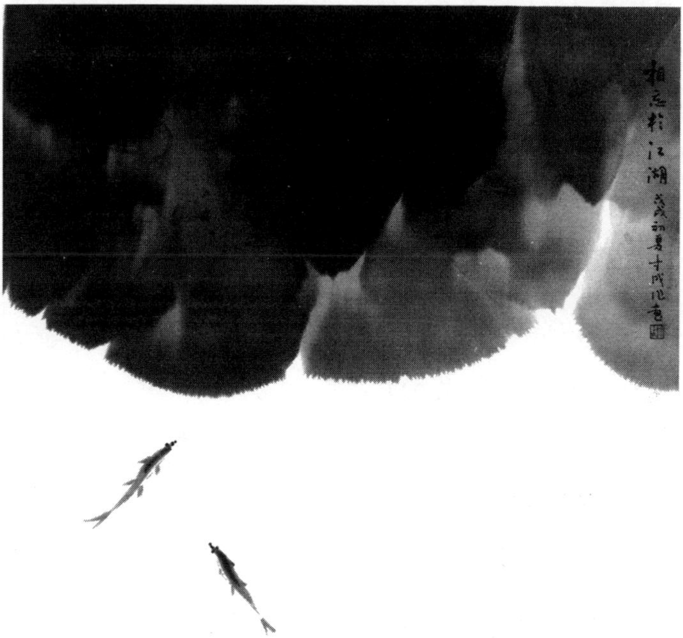

《相忘于江湖》　苏金成

守丧，却要求弃官回家赡养老父，实际是以“心丧”自处。从这一点也可以说明李定不是为贪恋一个小官位，不愿尽孝道的人。

但反变法派抓住李定这段无法明言的“隐私”纠缠不休，有人质疑李定道德卑下，怎可居高位？有人要求让李定离职，为母补丧，实际是要将李定赶出御史台。苏东坡是在李定守丧事件中，攻击李定最凶猛者之一。如果不是王安石为李定力辩，李定必然要从九天之上，跌到尘埃沟壑中去。王安石从三个方面说明李定“不当追服”母丧的理由，有理有据，连皇上也表态：“李定处此事甚善，兼仇氏为定母亦未知实否也。”①李定虽然暂时躲过一劫，但口碑形象总是大受影响，职位也因自请解职而有所下调。此事也成了李定心中始终在流血的伤疤。

从青苗法之争，到纠缠攻击李定的人格问题，所谓的变法与反变法之争，有多少是真正出以公心，出于真正的理性思考，是令人生疑的。

元祐二年（1087），李定死后“家无余赀”“诸子皆布衣”，证明其人在仕途上一不贪财，二不为下代谋官位，算得上是一位自律尽职的官员。后人骂李定为“小人”，除了在“乌台诗案”中要置东坡于死地外，还真列不出更多的事实。②

李定对当年弹劾他匿母丧的官员耿耿于怀是必然的。常言：“君子报仇，十年不晚。”可见君子也有“复仇”之心。更何况，东坡在外调任职期间，又继续在李定的心头“疮疤”上撒盐：有一位

---

① 刘成国《王安石年谱长编（三）》第1119页，中华书局2018年1月版。
② 毕宝魁《政坛大风：王安石传》第181～183页，作家出版社2015年2月版。

名朱寿昌的官员，小时与母离散。做官后辞职四处寻母，终于在同州母子相遇，东坡作诗赠朱寿昌：“感君离合我酸心，此事今无古或闻。”[①]东坡有感而发，李定也不是傻瓜。这回抓到苏东坡的把柄，当然是要把他往死里整一吐心中恶气了。

有多种野史笔记记载，李定虽然对东坡恨得咬牙切齿，必欲置之死地而后快，但对东坡的文学才华却也给予高评。就在东坡下狱后某日，李定“于崇政殿门忽谓诸人曰：‘苏轼诚奇才也！’”，众人听之，无人应答。谁也摸不准这位正当红的御史中丞，葫芦里装的是什么药？怎么忽地冒出一句对东坡的赞语。是为试探他人心态？随后，他又自言自语：轼“虽二三十年所作文字诗句，引证经传，随问即答，无一差舛，诚天下之奇才也”。并为之感叹不已。[②]

人真的是很复杂的动物。我们该如何给李定一个恰如其分的定评呢？

如果一定要将他人格元素中分子的构成，在显微镜下解析出来，恐怕当今那些获诺贝尔化学奖的科学家，也难以为之吧！

落井下石与以身试刃

元丰二年（1079）三月，苏东坡从徐州知州调任湖州知州，到任后例行公事写了一份《湖州谢上表》。这种文字只要用“官话”

① 江祖桢《中国古代诗案》第91页，崇文书局2018年8月版。
② 孔凡礼《苏轼年谱》第459页，中华书局1998年2月版。

“套话”表达对圣上的感恩就好，无须像诗文写作那样体现个人性情的。偏偏苏东坡不甘寂寞，在谢表中塞进了一点不合时宜的“牢骚”。就是这“牢骚”，挑逗了高居庙堂变法派年轻官员的敏感神经。他们显然已经收集了很多东坡讥讽新法的诗文，就差一根“导火索”来点燃库存的“炸药”。

《湖州谢上表》中称：陛下“知其愚不适时，难以追陪新进；察其老不生事，或能牧养小民”。那些主持变法的官员，一见“追陪新进”“老不生事”这类字眼，头就炸了。

入狱后，东坡也“供认”他寄给友人的很多诗文，对新法存在讥讽、批评，乃至“攻击”。如《山村五绝》之四是“攻击”青苗法：“杖藜裹饭去匆匆，过眼青钱转手空。赢得儿童语音好，一年强半在城中。”是说发放的青钱，农家子弟在城中一晃就花光了，不过学了一点城里人语音的皮毛，对抑制高利贷不起任何作用。[①]再读《寄刘孝叔》：“保甲连村团未遍，方田讼牒纷如雨。尔来手实降新书，抉剔根株穷脉缕。诏书恻怛信深厚，吏能浅薄空劳苦。”诗中涉及对保甲法、方田均税法等新法接连颁布推行带来的弊病。客观地说，东坡先生“居庙堂之高则忧其民”的忧国忧民之心可敬可佩，但对新法的讥讽不无偏颇。以某一个局部现象来代替全局否定新法也未必精当。而李定等借此构造“文字狱”、堵塞言路，要将东坡这根“刺”连根拔掉，固然是令人不齿的恶行。

笔者至此，只是展示了“乌台诗案”更为复杂的某些状况，既无意于为所谓“小人”李定回护，也无意于在变法与守旧两派间作

---

① 转引自江祖桢《中国古代诗案》第89页，崇文书局2018年8月版。

学术是非评判。我更为关注的是，在东坡落难时某些人的心态和人格表现。“轼得罪，捕诣台狱，亲朋多畏避不相见。”[①]乃至有人趁机落井下石。所谓世态炎凉，古今皆然，用不着在这里一一道来。倒是那些在诗案发生后，不怕家破丢官、以身试刃、为东坡免予受害公道直言，凸现士人良知、风骨、真情者，如濒临灭绝的珍稀动物，值得我们铭记。因有他们的存在，方使我们处“精致的利己主义”、士风滑落的环境中，不至于陷入绝望。

值得记取的第一人，当数驸马都尉王诜。王诜，字晋卿，是皇帝女婿，也是中国艺术史上赫赫有名的书画艺术大家。他的代表作《烟江叠嶂图》，绢本水墨，纵26厘米、横138.5厘米，现藏上海博物馆。东坡曾为其画题诗：“江上愁心千叠山，浮空积翠如云烟。山耶云耶远莫知，烟空云散山依然……”这首题画诗长达三十行，落款是“右书晋卿所画烟江叠嶂图一首，元祐三年十二月十五日子瞻书”[②]。王诜与苏东坡初识于何时，无从确知。只知“乌台诗案”发生前，苏、王之间交往很多——诗词唱和、互赠藏品，志趣相投。东坡曾为王诜的收藏室作《宝绘堂记》。王诜常送一些宫内果品和酒给苏。苏东坡外甥女出嫁缺钱，还曾向王诜借钱二百贯。

朋友归朋友，患难时刻方显友情厚薄有几分。

这位王诜在“乌台诗案”中，为东坡犯了几乎比东坡自身还要重的“罪”：泄露内廷核心机密。由于他的特殊身份，在第一时间获知御史台将派人拘捕苏东坡的信息。他立即派人前往润州密告苏

---

① 孔凡礼《苏轼年谱》第452页，中华书局1998年2月版。

② 张荣国《王诜〈烟江叠嶂图〉研究》第86～87页，上海人民出版社2016年8月版。

辙，让苏辙快速转告其兄。王诜所派的使者，与前往湖州拘捕苏东坡的官员皇甫遵几乎同时离京。要赶在皇甫遵之前，让东坡获得信息几乎非常困难。但老天爷帮了王诜和苏东坡的忙。皇甫遵因携子同行，他的儿子在途中生病，耽搁了半天，使得苏东坡提前获知抓人信息，心理上有所准备。

王诜除了“泄密罪”，还有一重罪是帮苏东坡印制那些讥刺新法的诗集。与“乌台诗案”牵连的官员有数十人，大多最终被处以罚铜若干。包括接受东坡诗文的司马光也被罚铜。但对王诜的处罚似乎比苏东坡还重：“追两官勒停。”剥去所有冠冕，一夜回归布衣。[①]当然“驸马”还是“驸马”，只是“都尉”没了。难不成让公主成寡妇？

已经致仕居家的原副宰相张方平，对此可能惹祸上身的事，完全可以装聋作哑。无人会责怪他关键时刻当“缩头乌龟”。不在其位，不谋其政嘛。但他甘冒“株连”风险，上奏疏自称“伏老田庐”“自干鼎钺”，恳请“陛下圣度，免其禁系，以全始终之赐”。文中引历史案例：“昔季布亲窘高祖，夏侯胜诽谤世宗，鲍永不从光武，陈琳毁诋魏武，魏徵谋危太宗，此五臣者，罪至大而不可赦也。遭遇明主，皆为曲法而全之，卒为忠臣，有补于世”，伏望圣上扬宽大之德，弃瑕含垢……包容苏轼这样的不世之才。

这份奏疏欲请南京（今河南商丘）官衙上递，府官不敢受。张方平复令其子恕持至登闻鼓院投递，但恕生性胆小懦弱，徘徊而不敢投。[②]这份奏疏最终有未送达神宗阅示，未见记载。从事态进展信

① 张荣国《王诜〈烟江叠嶂图〉研究》第55页，上海人民出版社2016年8月版。

② 孔凡礼《苏轼年谱》第464～465页，中华书局1998年2月版。

息看，似乎并未投进。但张方平挺身而出、仗义执言的举动，让我们赞叹。苏东坡出狱后，看到了这份奏疏的副本，其情绪表露是“吐舌色动久之”，人问其故，东坡不答。他的弟弟苏辙看了副本后，理解了其兄为何“吐舌色动”，曰：“东坡何罪，独以名太高与朝廷争胜耳。今安道（张方平）之疏乃云‘其实天下之奇材也’，独不激人主之怒乎！但一时急欲救之，故为此言矣。”或问：“要想救东坡，该如何说得体呢?”先生曰：“但言本朝未尝杀士大夫，今乃开端，则是杀士大夫自陛下始，而后世子孙因而杀贤士大夫，必援陛下以为例。神宗好名而畏议，疑可以此止之。”苏辙之思虑，果然要老辣得多。什么叫智慧，这就是了！尽管如此，张方平以致仕老臣，甘冒获罪之险，挺身救东坡的言举，仍让后人感佩不已。[①]

这就要说到苏辙了。苏氏兄弟情谊之深，“桃花潭水深千尺”不足喻之，堪称古往今来兄弟之情的典范。东坡在被押送京城途中，曾萌生投水自尽的念头。而打消这念头的原因，就因为他想到了弟弟苏辙。他担心因为他的自杀让弟弟伤痛欲绝。而苏辙在上疏中表示，愿意放弃自己的官位，免其兄一死：“欲乞纳在身官，以赎兄轼……但得免下狱死为幸。”在奏章中，苏辙的措辞可谓有勇有谋、情理交融、无懈可击：

臣窃思念轼居家在官，无大过恶，惟是赋性愚直，好谈古今得失，前后上章论事，其言不一。陛下圣德广大，不加谴责，轼狂狷寡虑，窃恃天地包含之恩，不自

---

① 孔凡礼《苏轼年谱》第465页，中华书局1998年2月版。

抑畏，顷年，通判杭州及知密州日，每遇物托兴，作为歌诗，语或轻发。

果真是知兄莫如弟。在皇帝面前，先代兄作自我谴责和批评，态度诚恳令圣上无法不动容啊！又云：

轼之将就逮也，使谓臣曰：轼早衰多病，必死于牢狱。死固分也，然所恨者，少抱有为之志，而遇不出世之主，虽龃龉于当年，终欲效尺寸于晚节，今遇此祸，虽欲改过自新，洗心以事明主，其道无由。况立朝最孤，左右亲近，必无为言者，惟兄弟之亲，试求哀于陛下而已。[①]

不愧是“文起八代之衰”的唐宋古文八大家之一。话说到这个份儿上，神宗皇帝及东坡的“敌手”，还能说什么呢？如果那个年代有律师这种职业，苏辙就是一等一的辩护律师了。

东坡生死关头，最为人称道的，还有与李定同处变法派阵营的人士，也发声为苏东坡辩护。其中有退居金陵的老宰相王安石，以及在朝任职的其弟王安礼等。最有分量和影响力的当然是王安石的表态：“安有盛世而杀才士乎？”当副相王珪在神宗面前试图落井下石时，回朝不久、任翰林学士的章惇也表现出君子之风，为东坡免于一死投了关键一票。

东坡有诗《王复秀才所居双桧》：“凛然相对敢相欺，直干凌空未足奇。根到九泉无曲处，世间惟有蛰龙知。”李定等人在“蛰龙”二字

① 孔凡礼《苏轼年谱》第465页，中华书局1998年2月版。

上大做文章，认为有诬诋皇帝之意。“大不恭”又多一证据。王珪对神宗皇帝说：“陛下飞龙在天，而轼求之地下之蛰龙，其不臣如此！”神宗似乎觉得如此牵连有些勉强，曰：“彼诗人之言安可如此论？”章惇反驳王珪：“龙者，非独言人君，人臣亦可以言龙也！”神宗赞同章惇的看法：“自古称龙者多也，如荀氏八龙，孔明卧龙，岂人君耶？”退朝后章惇责问王珪：“你这是要使苏轼家破人亡吗？”王珪面有愧色：“此舒亶言也。”章惇讥刺道：“舒亶的口水也可以吃吗？”王珪是典型的风派人物，谁得势就舔谁的屁股。时人称其为“三旨宰相”：“上朝取旨”，皇帝表态后说声“领圣旨”，退朝后告知僚属“已得圣旨”。这回他想趁机捞一把政治稻草，谁知投机未成头撞墙了。[①]

围绕这首可能给东坡带来死罪的诗，在狱中也出现了戏剧性的一幕：“狱吏在审讯时问：云公作桧诗‘根到九泉无曲处，世间惟有蛰龙知’有无讥讽？东坡答云：王安石诗云：‘天下苍生望霖雨，不知龙向此中蟠’，此龙是也！”这个智慧巧妙的回答，竟让狱吏也笑了。这个东坡太有才了，居然搬出王安石的诗作“挡箭牌”。这样的天才人物，连狱吏也很欣赏呢。[②]

刚刚就任宰相的吴充，引前朝典故说服神宗赦免东坡。吴问上：“魏武帝何如人？”上曰：“何足道。”充曰：“陛下动以尧舜为法，薄魏武固宜，然魏武猜忌如此，犹能容祢衡，陛下以尧舜为法，而不能容一苏轼，何也？”上惊，曰：“朕无他意，止欲召他对狱考核是非尔，行将放出也。”[③]

---

① 曾枣庄《论眉山诗案》，见《四川师范学院学报》1980年第3期。

② 《乌台诗案杂记》，古籍网复印版。

③ 孔凡礼《苏轼年谱》第467页，中华书局1998年2月版。

最终究竟是何因素左右了神宗的态度，很难定于一论。让笔者心动的是，在东坡下狱，众危之，莫敢正言时，有谁挺身以颈试刃？那是一些在刀刃上颤抖的灵魂，是中国士人文脉中最弥足珍贵的稀有金属。

城头变幻“朋党”旗

有学人认为“乌台诗案”算不得“冤案”，苏东坡在此案中确有过失。但“乌台诗案”在北宋政坛开了一个“以言获罪”的坏头。随着范仲淹、王安石、欧阳修、苏东坡、苏辙等巨公伟人的相继谢幕，北宋政坛被团团乌烟瘴气笼罩。政见之争完全堕落为朋党之争、意气之争、利禄之争、宠幸之争、小人恶争，诸如士人良知、民生疾苦、忧乐天下的情怀荡然无存。

“城头变幻‘朋党’旗”，你方唱罢我登场。庙堂之上不再是“治大国，若烹小鲜”，而是不停地翻烧饼。即便东坡这样的大文豪，也难免陷入“恶斗”的泥淖。司马光重返政坛任宰相尽废新法、清算新党时，东坡也重返朝堂。“君子报仇”的时刻到了。他又揪住李定的所谓母丧问题猛踹一脚，在奏状中认为对李定的贬斥“难议于二千里”，也就是将李定流放二千里也不算远。[2]真够狠的。

大宋江山如同一艘巨轮，就在这样充满腥臭的唾沫四溅中颠覆、沉落……

---

① 《苏东坡全集》第1929页，北京燕山出版社2009年12月版。

斯文扫地了，谈何“风雅”

一

近年来，颂扬历史帝王的书籍、影视充塞视听。先有清帝，继有秦皇，再则宋君……他们的雄才大略、文治武功，乃至风流韵事，均让国人血脉偾张，津津乐道。

似乎在一夜之间，很多有识之士发掘出大宋王朝的无数辉煌、亮色，陡增我民族自豪感、文化自信，愚夫在览阅之余，也忽生研读宋史的浓厚兴趣。

正值戊戌秋日，见媒体报道一项古籍整理的浩大工程告竣——由上海师范大学古籍研究所编校的《全宋笔记》，历经十九载，终于全部推出。这套丛书共10编，每编10余册，共100多册。承蒙大象出版社责编热心提供了各编各册的目录，便先购来最想读的20多册，从容品读。这一读不要紧，竟读得冷汗津津，心肌痉挛，时时忍不住要把桌板捶断。

论起大宋王朝，最为世人称道的是其旷古未有、后无继者的文学艺术成就。毋庸置疑，从何种角度审视都无可否认，宋王朝时代垒矗起了一座座文学艺术的高峰。唐宋古文八大家，宋代占了六家：欧阳修、王安石、苏轼、曾巩、苏洵、苏辙；如果说“诗必盛唐”，那么说“词必大宋”，也是史家共识。宋词是这个王朝标志性的文体，大家辈出，灿若星河；婉约豪放，各领风骚。艺术上，书法有苏、黄、米、蔡等诸多顶级大家；绘画方面，仅仅王希孟的《千里江山图》、张择端的《清明上河图》、李公麟的白描，就足以光耀世界艺术史了……这些宋人的天才创造，都在中国文学艺术史册上记载着，成为一代代中国人的精神美食，也为世界瞩目，用不着愚夫再翻箱倒柜出来，给珍宝涂金抹油。我想说的是，我们在考察一个朝代、一代帝王时，不要只盯着其光鲜的一面，更要透析那些被烟尘遮蔽的幽暗处，庶几历史车辙上的斑斑血痕，才不至于永无踪影地掩埋在厚厚的尘埃中。也让后人多一点镜鉴。

对宋史有兴趣者，不妨读一读官方正史外的私家笔记：丁特起的《靖康纪闻》［《全宋笔记》第四编（4），大象出版社2008年9月版］和佚名氏《呻吟语》［同上（8）］，另有韦承《甕中人语》、石茂良《避戎夜话》与《呻吟语》在同一册中，可顺带一览。读这些文字时，我感受到了什么叫“锥心之痛”，什么叫“泣血之泪”，什么叫“斯文扫地”，什么叫“耻辱苟且”！于是就想，一个国家、民族的尊严，如与文学、艺术，硬要摆放在一架天平的两端衡估，那么文学也好，艺术也好，真的不算个啥！“尊严”是树根、树干，文学艺术是绿叶、花朵，根、干倒伏，花、叶何所依附？

二

《全宋笔记》中的这两部私家史录，都涉及一个关键词：尊严，国家、民族的尊严，人的尊严。

《靖康纪闻》的作者丁特起，是北宋末年金人围陷汴京时的太学生，亲身经历、耳闻目睹了靖康之难，遂逐日记录钦宗靖康元年（1126）十一月至次年（1127）五月金人围攻汴京之事，给这一重大历史事件留下了较为详细、可信的史记。作者称著此书之旨，“悉痛二帝之播迁，悯王室之颠覆，咎大臣之误国，伤金戎之强盛。事有不可概举者，大惧天下后世或失其传，无以激忠臣义士之心，无以正乱臣贼子之罪……”并特别强调：“目击而亲闻者，罔敢违误。其间褒贬，允协公议，非敢徇私臆说也。”[①]

而另一部私家笔记《呻吟语》，著者生平不详，因此署“佚名”。据书末跋语，只知该书为父子二人共同完成，父录“亲见确闻之事”，并采纳补充同时期相关史料，其子又补录史料并加以整理校改。该书叙载了“自靖康二年二帝北迁，迄于绍兴十二年金归还徽宗梓宫与韦后”。

上述两部笔记对接，恰好完整呈现了北宋最后落幕的一段悲催的史实。读来无一字不让人泪奔、锥心，应该也是研究宋史尤其是北宋史者的必读之书。由此观北宋兴衰，并续观南宋之所为，肯定有助于进入全面认知大宋王朝成败之内核。这是一块了解宋史的“芯片”，一把扭动宋廷门锁的“钥匙”。阅之扫兴，却多了一份警醒、冷静。

通常说靖康之难中“二帝”为宋徽宗、宋钦宗。按常规一朝一帝，靖康时为何多出一帝？要说清二帝关系及更替之缘由，真是令人笑落下巴，又泪流满颊。金人马蹄踢踏声已经逼近帝都，据报不

---

① 《全宋笔记》第四编（4）第94页，大象出版社2008年9月版。

久将兵临城下。如何面对这场空前的大危机，“肉食者”们朝议纷纷，莫衷一是。徽宗下达罪己诏，冀望以此来重树“圣上”威望，“招徕天下豪杰”。诏书中的用语，都曾是皇上批评臣下的用语，现在照单搬来用作自我批评：

> 朕获承祖宗休德，托于士民之上，二纪于兹。虽兢业存于中心，而过咎形于天下。盖以寡昧之资，藉盈成之业。言路壅蔽，导谀日闻；恩倖持权，贪饕得志。搢绅贤能，陷于党籍；政事兴废，拘于纪年。赋敛竭生民之财，戍役困军伍之力，多作无益，侈靡成风。利源酤榷已尽，而谋利者尚肆诛求；诸军衣粮不时，而冗食者坐享富贵。灾异谪见而朕不悟，众庶怨怼而朕不知，追惟己愆，悔之何及！
>
> 今日所行，质诸天地，后复更易，何以有邦？况当今急务，在通下情，不讳切直之言，兼收智勇之士，思得奇策，庶能改纷。望四海勤王之师，宣二边御敌之略，永念累圣仁厚之德，涵养天下百年之余。①

如果仅看“罪己诏”，我们就会发现，身为一国之主的宋徽宗，如何为人君，其实心里啥都明白啊！金人后来赐他“昏德侯”称号，仅看诏书，他哪里“昏”呢？奇怪的是，既不“昏”，为何平时不修身律己、悯恤苍生？大难来时却要百姓为帝国卖命，可乎？民间流

---

① 转引自［美］伊沛霞《宋徽宗》第425页，广西师范大学出版社2018年8月版。

行的一句俗语很精辟，这叫“平时不烧香，急来抱佛脚”。

“罪己诏”不会有什么效应。大臣吴敏出“昏招”：建议内禅传位于太子赵桓，即后来的钦宗。徽宗欣然采纳。大难来时，临阵脱逃，居然还美其名曰：“上承天意，次安宗庙，下为百姓。”内禅前，徽宗在道庙谒祷时突然跌倒，口吐白沫，几不省人事，其形状类似今日常见的中风、脑梗塞。但又有史料称，他这是假装中风，为的是让别的大臣接受他的内禅决定。有人从他后来的言行，及左手竟能写出清晰的文字，判断不似一个中风病人。

年仅25岁的皇太子赵桓，毫无从政经验和能力，忽然获悉老爹在这国难当头之际，要把这压力不亚于泰山之重的挑子甩给他，在徽宗榻前恸哭不止，不肯受命。父皇则手书曰：“汝不受，则不孝矣。”太子曰：“臣若受之，是不孝矣。”父子都在“孝”与“不孝”这中国最重要的人伦道德上纠缠。但儿子终究还是难以违抗父皇旨令，被内侍强拥至福宁殿就位，太子坚不肯行，内侍则左拥右抱，太子挣扎几乎气绝，不得不在百官朝贺中坐上龙椅，揽下这个烫手的山芋，是为钦宗。1126年正月初一，钦宗改元为靖康。这个皇帝大概是中国历史上最窝囊的皇帝，起码是其一。[①]

因此愚夫认为，靖康之难的前台主角为钦宗，而这一灾难苦果之酿成实为徽宗。而吞吃这一“苦果”的，就不仅仅是“二帝”，更是全城和全国百姓。

---

① 转引自［美］伊沛霞《宋徽宗》第432页，广西师范大学出版社2018年8月版。

三

客观论之，宋徽宗确实是一位有艺术才华的帝王。他心中的偶像是南唐亡国之君李煜，特别喜欢李煜的诗词、绘画、书法。史载，18岁的青年画家王希孟，在绘制青山绿水长卷《千里江山图》时，曾得到宋徽宗的指点。他在绘画、书法、音律、园林设计等领域，均有较高造诣，是难得的艺术人才。如果他的主业不是皇帝，而是一位艺术家，无疑在艺术史上会占有一席之地。也许靖康之难的历史会重写。至于有人从他的瘦金体书法中看出了“帝王之气”，实在是臆想附会。那些个瘦瘦尖尖的笔锋，如果说有什么“锐气”“锋芒”，那也等同于牙签。牙签很“尖锐”，但无法用来做御敌的剑戟。也许从本性上，宋徽宗对那把金碧辉煌的龙椅并无兴趣。一本正经地坐在上面接受百官朝贺，还要读无数的奏章，写无数的诏书、手谕（虽有大臣代理，但总要御览），总不如在松竹亭苑里喝茶、下棋、绘画、论艺，间或翻墙或从暗道出宫与青楼女子幽会，来得更有趣。但那个贻害中国数千年的封建世袭制度，硬是将他推到至高无上的帝王之位。一个无帝王之才，却坐享帝王之位、痴迷于雅好及声色犬马的人，会给一个国家和百姓带来什么后果呢？一言以蔽之：祸患无穷。

靖康之难就是它的必然结果。

当然，靖康之难只是北宋灭亡的最后一根稻草。细究其覆亡的复杂原因，则需另文再叙。北宋历经一百余年，到了徽宗朝也并非非灭不可。如果龙椅上坐的不是宋徽宗，而是确有帝王之才的某某，那么靖康之难可能就不会在此朝此时发生。尽管种种因素，这个王朝从开国之日起，就注定了必然灭亡的命运，但一个有为的“上位之圣人”，可以把死神的接力棒甩到后继者手中。

德薄而权重的“失衡”发生在极权者身上，灾难必然殃及其管辖的整片土地。明朝万历初期内阁首辅张居正，为小皇帝编写的教科书《帝鉴图说》，其下篇“狂愚覆辙”，列历代帝王“恶可为戒者”36例，其中涉及宋代三例：“上清道会”“应奉花石”“任用六贼”，皆为宋徽宗“恶行”，成为千古笑柄，覆辙之鉴。[①]

宋徽宗在初即位时，对宫内生活的奢华是有所警觉的，他曾斥逐内侍郝随、刘友端：“禁中修造，华侈太过，墙宇梁柱，涂金翠毛，一如首饰。又作玉虚，华侈尤甚。”下令将其拆除。[②]

但随着地位的巩固，蔡京将茶、盐、货币改革聚敛而来的财富，源源汇集到内藏府库时，宋徽宗逐步沉醉于太平天子的享乐之中了。权力是男人的“春药”，登上高位的宋徽宗显然很快尝到了权力的甜头。这个东西太美妙了。他可以用来为所欲为奢华无极限地发展他的“娱乐事业”。单说那个平地构筑的宏大的皇家园林万岁山（后更名“艮岳”），就弄得天怒人怨。艮岳建成于1122年，“山周十余里”，奇山怪石高耸，水榭楼台相接，珍禽鸟凤翔集，古木异卉斗艳……乃倾全国资材、工匠、人力而打造，气势宏阔，且

① ［明］张居正编著《帝鉴图说》第276～281页，江西教育出版社2016年6月版。

② 杨小敏《蔡京、蔡卞与北宋晚期政局研究》第319页，中国社会科学出版社2012年3月版。

穷极巧妙。建成之日，徽宗大喜，作《艮岳记》以记其盛。为造此“岳”，蔡京投皇上酷爱奇花异石所好，命朱勔采集民间花岗石进奉，规模之浩大令人惊叹。动辄用船数十艘，每十艘编为一纲，号称“花石纲”。一块石头的运费，达到三十万贯，沿途所过，更是毁桥凿屋。那些被征用运石的农夫，有的力尽饿死，有的自缢于车轮之下。[①]史载，“朱勔于太湖取石，高广数丈，载以大舟，挽以千夫，凿城断桥，毁堰拆闸，数月乃至。……立于万岁山”。[②]读者诸君，当你在观赏宋徽宗佳作《瑞禽图》时，可曾想到，那瑞禽翅翼上滴落的是百姓的泪雨？那青绿山岩上渗透着无数百姓的血水？那引以为傲的国宝藏品背后，是昏君奸佞的龌龊？

说到昏君奸臣，这两者总是相互勾连的。“昏”助其“奸”，“奸”导其“昏”，“昏”“奸”沆瀣一气，于是百姓的天空便尘霾蔽日，呼吸维艰。宋徽宗其“昏”，连他的敌人也看得门儿清。金人围困京城期间，宋皇派人送降表至金营，表中有言：“上皇负罪以播迁，微臣捐躯而听命。”金军统帅粘罕将降书中的“负罪”二字改为“失德”。[③]“二帝”被掳往北方边城，途中某日，“虏封太上为昏德公，少帝为重昏侯”。[④]

尽管海外汉学家在最新出版的《宋徽宗》一书中认为，某些史书和私家笔记渲染的徽宗出宫夜访歌伎李师师、与词人周邦彦构成

---

① ［清］王夫之《宋论》第106页，中华书局2008年9月版。

② ［明］陈邦瞻《宋史纪事本末》（二）第509页，中华书局2015年8月版。

③ ［宋］石茂良《避戎夜话》，见《全宋笔记》第四编（8）第70页，大象出版社2018年9月版。

④ 佚名《呻吟语》，见《全宋笔记》第四编（8）第29页，大象出版社2018年9月版。

三角恋浪漫情事，更像是小说家言，经不住学术考证，不宜采信。[1]王国维也曾质疑：一位曾经在十一世纪八十年代诗词中出现过、比徽宗年长好几十岁的歌伎，徽宗怎么可能在三十多年后仍然迷恋她呢？但愚夫认为，即便是稗官野史虚构出来的，故事仍从本质上真实反映了宋徽宗沉湎于情色的淫荡。谁能弄得清楚，宋代的青楼里有多少个“李师师”？

宋徽宗之“昏德”，不仅仅在建造劳民伤财的豪奢园林、毫无节制的“纵欲至死”，更为让人诟病的还是用人上。环绕在他身边的重臣，都是自身作恶，又导引、伺候皇上作恶的“贼人”，时称“六贼”：

蔡京：宰相

童贯：宦官

王黼：少宰（次相）

梁师成：宦官

朱勔：苏州富商之子、苏州应奉局总管

李彦：宦官

蔡京等“贼臣”不断制造虚假的祥瑞、繁荣幻想，为宋徽宗挥霍享受提供了合理的心理基础。请看看，蔡京是如何编故事的：

（蔡）京等奏甘露降侍郎厅；

---

① ［美］伊沛霞《宋徽宗》第526页，广西师范大学出版社2018年8月版。

《云栖》　苏金成

又奏有仙鹤万只蔽空飞鸣；

又奏建州竹生花，结成稻米，搬入城市，多达数十万顷；

又奏穰县生瑞谷，安化县生芝草，都计五万本；

……①

更为奇特的是腊月打雷、蔡京拜表称贺为“瑞雷”，三月飞雪，又拜贺称“瑞雪”。至于如何“瑞”，自有一番让皇上信服的说辞，让雷、雪非“瑞”不可。或者说，已经被龙椅的“春药”催发得兴奋无比的皇上，你怎么“瑞”他都信。他需要“瑞”，无关真假。只是你将“燕雀”吹成“鸿鹄”可以，别将“鸿鹄”贬为“燕雀”；将雾霾说成“祥云”可以，但别将“祥云”说成雾霾。对于蔡京、王黼这等高智商“弄臣”，是断然不会犯此类低级错误的。

蔡京可以说是典型的“官场人格”的标本。何谓“官场人格”？即“有奶便是娘”。所谓的政见、主张、活法，所有的一切都服务于向上爬。只要对升官有利，无论可利用者是何角色，他也会俯首称“娘”，如果对方撅着一只“钢腚”，他也能将之舔亮。他能将皇上变成与自己几乎无分高低、尊卑的“娱乐”玩伴，岂是凡人能做到的？即便卑鄙、无耻，也要卑鄙、无耻到不知何为“卑鄙、无耻”。

王夫之论蔡京，如炬目光穿透了他的心肝肺。他认为，蔡京与李林甫、卢杞、秦桧这些臭名昭著的奸臣比，还有其独门绝技。“奸人得君久，持其权而以倾天下者，抑必有故。才足以代君，而

① 见《续宋编年资治通鉴》，转引自杨小敏《蔡京、蔡卞与北宋晚期政局研究》第320页，中国社会科学院出版社2012年3月版。

贻君以宴逸；巧足以逢君，而济君之妄图；下足以弹压百僚，而莫之敢侮；上足以胁持人主，而终不敢轻。李林甫、卢杞、秦桧皆是也。”因此，像秦桧这样的奸臣，高宗既“推崇之益隆”，但又充满防范心理，担心一旦时机成熟，彼即取君代之，“故置刀靴中以防秦桧”[①]。而蔡京不同，他完全消解了宋徽宗的防范心理。他将君臣关系，构建成趣味相投的“玩伴”关系，用王夫之的说法是“弄臣”——亲近狎玩之臣。蔡京是“弄臣”，而宋徽宗也以“弄臣”自处。他们一起玩字画、玩奇石、玩珍宝，然后连大宋江山也一起“玩”掉，将“千里江山图”化为一纸画饼。蔡京与宋徽宗在朝堂上是君臣，在个人关系上还是亲家。蔡京子蔡鞗娶宋徽宗女茂德公主为妻，徽宗常乘坐轻车小辇去蔡京家喝酒聊天，视同家人，故蔡京有谢表云：“主妇上受清酬而肯从，稚子牵衣挽留而不却。”而宋徽宗也常在宫中宴请蔡京。有一次，在酒酣耳热之际，蔡京提出想见见安妃。普通臣子谁敢提这样的要求？除非屁股痒，不想混了，甚至不想活了。皇帝宠妃是谁想见就可以见的？宋徽宗命人传旨：“雅燕酒酣添逸兴，玉真轩内见安妃。”徽宗命蔡京续诗，蔡京立马续上：“保和新殿丽秋晖，诏许尘凡到绮阁。”到了玉真轩，安妃本人未出场，只见西墙上挂着一幅安妃画像。谁画的？也许就是徽宗本人的写生作品。皇上故意要要一要蔡京？蔡京非但不介意，且出口成诗奏谢：“玉京轩栏暖如春，只见丹青不见人。月里姮娥终有恨，鉴中姑射未应真。”时隔不久，太监传诏蔡京至玉华阁。徽宗手持蔡京所作诗曰：“因卿有诗，况姻家，自当相见。”蔡京答：

---

① ［清］王夫之《宋论》第96页，中华书局2008年9月版。

"顷缘葭莩，已得拜望，故敢以诗请。"徽宗大笑，令安妃走出帷帘，与蔡京素颜相见。蔡京拜谢，妃拜，蔡京又拜。看看，这皇帝与宰相是什么关系？岂止是共商国是的君臣？①

另一宰辅级的"大贼"王黼也非同一般，与蔡京比有过之而无不及。他常常伴随徽宗翻越宫墙出游。此"出游"不能冠冕堂皇进行，而要在夜深人静、乌云蔽月时，肯定不是为了体察民情，那是去干吗呢？读者诸君可想象。某次，徽宗与王黼翻墙出宫，徽宗踩在王黼肩膀上，仍够不着宫墙，便低声叫唤："（肩膀）耸上来，司马光！"王黼在徽宗双脚下应答："伸下来，神宗皇帝！"徽宗称王黼为"司马光"，王黼则称徽宗为"神宗皇帝"，在同游干坏事时，仍不忘记相互戏谑，君臣是何等关系？②

"官场人格"最擅长的是摆平上级官僚。这个上级如果是"皇上"，那就摆平"皇上"。蔡京的"变色龙"特质，已成史家共识。在王安石推行新法时，他极力靠近新党，但不为王安石所重用。王安石退居江宁，闻蔡京应召，曰："他如何做得知制诰，一屠沽耳。"元祐时期，司马光尽废王安石新法，其中废免疫法，恢复差役法甚难，时蔡京知开封府，仅用五日即恢复旧法并向司马光报告，"光喜曰：'使人人如待制，何患法不行乎？'"他的投机行为，因招致苏辙等台谏官员的激烈弹劾，其升官目的暂未得逞。但这类人具有强大的官场生存能力，你将他的脑袋摁到水下，他会从另一处再浮上来。待哲宗登基又要恢复免疫法，章惇"久不决"，蔡京"谓惇曰：'取熙宁成法施

① ［清］王夫之《宋论》第99页，中华书局2008年9月版。
② ［清］王夫之《宋论》第99页，中华书局2008年9月版。

行之尔，何以讲为?’悖然之……”。可见，蔡京的变脸比翻书还快!

四

让皇上活得舒坦，为的是让自己也活得如皇上般舒坦，甚至某些地方比皇上更舒坦。要描述蔡京、王黼生活是如何奢华，如果说蔡府、王府有堆积如山的珠宝珍玩、金银财货等，不会令人诧异，历代腐败官僚皆如此。这里列举两个超出常人想象的细节：

蔡京偶感风寒，有几位官员赴蔡府拜访问候。京见来客于后堂东阁中，令小鬟焚香。不久，听闻他阁有卷帘声，一股袅袅香气从阁外漫卷而来，私有若无，沁入心脾，诸人皆称奇，却感觉不到丝毫呛鼻烟火气。蔡京曰：“香须如此烧，乃无烟气。”更奇妙的是，客归后衣冠“芬馥”，那股神奇的香气仍从衣衫内缓缓飘散。乃惊叹不已，这得多少香料，才能远距离造成这般浸透效果?而此等香料，又是用何种名贵稀缺资材熬制而成?大概今日世界顶级名牌香水，也营造不出此等“芬馥”吧![1]

王黼在为相期间，追求极欲享受的方式，也超出普通人的想象。史料是这般记载的：“王黼为相，常于寝室内置一榻，以金玉为屏，翠绮为帐，围小榻数十，择美姬处之，谓之拥帐。”[2]

---

① 见《宋稗类钞》卷二，杨小敏《蔡京、蔡卞与北宋晚期政局研究》第321页。

② 见《宋稗类钞》卷二，杨小敏《蔡京、蔡卞与北宋晚期政局研究》第324页。

这得多大面积的卧室，可容得下数十小榻，令数十美姬侍寝？即便皇上，虽有后宫佳丽数千，还不至于在一间寝室内有几十位美女拥帐侍寝吧？这个王黼，每夜得为自个儿准备多少碗“春药”？

现在我终于明白了，那些爱上宋朝的人，大概神往的正是如蔡京、王黼般穷奢极欲的日子吧？当然，也不排除有人向往如范仲淹那样忧患天下，像王安石那样变革图治，像苏东坡那样独立不羁……如斯，则要为之点一百个“赞”。但效法范仲淹、王安石、苏东坡，是不必穿越到宋代去的，生活在何时何地皆可践行。

五

宋徽宗心中的偶像是南唐亡国君主李煜，崇拜他的诗词、绘画、书法。这也许就蕴藏了某种不祥之兆。他仅仅看到了李煜的艺术才华，为何不想想，李煜的这些名句：“问君能有几多愁，恰似一江春水向东流”，“梦里不知身是客，一晌贪欢”，“剪不断，理还乱，是离愁”……浸入了多少亡国之君的耻辱、伤痛？这耻辱、伤痛，该轮到宋徽宗来咀嚼了。

金兵压境，君臣廷议御兵之策。或主战，或主和，争得吐沫横飞。其实无论采何策，都难以改变覆亡之结果。“左无才相，右无才史，阃无才将”，民心尽失，奈之若何？有道士郭京者称其有退兵奇术，众皆信之。于是令郭京领兵7777人出宣华门迎敌，被金兵“一扫殆尽”，皆堕护城河，积尸不可胜数。[1]城既破，金人大肆掳掠，更有“凶豪小人导引金人于坊巷劫掠”。百姓成群结队踩汴河冻冰逃避，冰陷溺死者无数……种种惨状，今人读来，目不忍视。在被金人围困的日子里，金人不断索要金银珍宝，而钦宗则下达一道又一道诏书，令官员酷吏按户根括所藏私产，以犒敌军。金银数量不足时，则张榜明码标价卖官爵筹资，无一人应。可想而知，这个烂透了的朝廷，还有谁愿意用银子换官位？另一招是，押解妇女抵充金银器物。有女使辈大呼斥骂：“尔等任朝廷大臣，作坏国家至此，今日却令我辈塞金人意，尔等果何面目？”

我想，但凡有一点点耻感的“肉食者”，听闻此骂，都该掘地自埋。

金人设定的女人抵充价码是：

公主或王妃一人，可抵一千锭金；

皇室同宗的女儿一人，可抵五百锭金；

皇室同族的女儿一人，可抵二百锭金；

皇室同宗妻子一人，可抵五百锭银；

皇室同族的妻子一人，可抵二百锭银；

贵族的女儿一人，可抵一百锭银；

……

为防止用老丑女人充数，所有女人要经过目测验收。[3]

---

① 《靖康纪闻》，《全宋笔记》第四编（4）第103页，大象出版社2008年9月版。

② 《靖康纪闻》，《全宋笔记》第四编（4）第125页，大象出版社2008年9月版。

③ ［美］伊沛霞《宋徽宗》第460页，广西师范大学出版社2018年8月版。

宋代的文人，不在赴朝求仕的路上，就在被贬斥放逐的路上。很多人就倒在流放颠踬的途中。被放逐最远最险恶处，当为“岭南恶瘴之地”，等同死刑犯待遇。苏轼就曾被流放至海南的儋州。他在诗中自嘲：“问汝平生功业，黄州惠州儋州。”这回该轮到皇帝自个儿享受颠踬的滋味了。

金人占据京都后，扶张邦昌为“代理皇帝”，掳二帝北迁。宋徽宗坐在牛车上，钦宗骑马，周围有百名骑兵看押。分批押往金国的宋俘有一万五千人，其中有三千多女性，以及医师、工匠、艺人。在离开京都前，金军首领粘罕传见了徽宗，徽宗乞求：“老夫得罪，合当北迁，但帝姬未嫁者，敢乞留，荷大惠也。”金人不予理睬。[①]

征服者最感兴趣的除了珍宝财富，那就是美姬，岂肯轻易放过？在这场灾难中，命运最悲凄的是那些女人，她们按照不同等级被分配给不同金人大小头目占有，不从者则被杀，最底层的女人则去洗衣院做苦工。

从京都出发，二帝最终到达的地点为五国城（今黑龙江依兰县）。直线距离用今天的导航地图查测，也有两千多公里，走走停停，用时约三年。如果说苏东坡曾饱受“海南瘴疠”的折磨，徽宗一行，则可充分感受冰天雪地生存之艰了。虽说途中在一些城市有滞留，但坐在牛车上颠踬两千公里，对于曾经每根汗毛都被抚慰得舒舒服服的皇上，也算得上是超常的煎熬了。

再来谈谈宋徽宗的艺术成就。他最为后人称道的大概是他的一

---

① ［美］伊沛霞《宋徽宗》第410页，广西师范大学出版社2018年8月版。

笔好字，名曰："瘦金体"。名气大，也与他占据的"平台"有关，皇帝写的字，臣下谁敢不用尽"谀词"来吹捧？当然就字论字，也算自成一体，连金人也喜欢收藏他的字呢！金国皇帝为获得宋徽宗的字，常派人送一点生活用品和小礼物给宋徽宗，每逢此，宋徽宗都会亲笔写一份谢表，金人则将所有谢表整理装订成小册子。这些谢表不可避免地通过印刷或仿写等方式，流出宫外。让赵家人看到了，简直无地自容，并千方百计要将之禁毁。因为其中的文字，是羞于寓目的耻辱记录，实在是让大宋王朝颜面尽失。[①]

且录数则，奇文共赏：

谢表：臣□言：伏奉敕谕，并赐时衣各两袭，随表上贺称谢者。伏以尧仁泽物，华祝多男；舜德及人，苍生衣被。臣託居宇下，久荷殊施。结茑萝于天家，自惭非分；采葑菲于寒族，受宠若惊。兹者纶綍下颁，衣裳载锡。省识天颜有喜，並呈嘉瑞于凤麟；遽思献曝矢忱，再贡登仙之鸡犬。惟臣去家万里，未达尺书。虽无衄乎顶踵，遑论其外；恨远离乎豢犬，未悉所私。此盖伏蒙皇帝陛下烛照无遗，海涵有量。乾坤覆载，恩莫报于涓埃，襁负偕来，心自邀夫鉴眷。临笺虔贺，望阙衔恩。

谢表：臣□言：伏奉宣命入殿，赐见女弟、弟妇等，

① ［美］伊沛霞《宋徽宗》第496页，广西师范大学出版社2018年8月版。

并颁缣绢，见表称谢者。暂留内殿，忽奉王言，特许手足之相欢，更被缣缃之厚赐。惊喜交至，恩赉非常。伏念臣禀性冥顽，赋质忠厚。负丘山之罪，天意曲全；联瓜葛之亲，圣恩隆大。方念无衣之卒岁，遽欣挟纩之如春。此盖伏遇皇帝陛下仁恕及人，劳谦省己。惟天地有无私之覆载，而父母有至诚之爱怜。念报德之何时，怀此心而未已。

谢表：臣□言：伏奉圣赐敕书奖谕，具表称谢者。伏以天恩下逮，已失秋气之寒；父子相欢，顿觉春光之暖。遽沐丝纶之厚，仍蒙缣缌之颁。感涕何言，惊惶无地。[1]

……

这些谢表能够装订成册，该有多少份？文字典雅，且用“瘦金体”写出，乍一眼看去，一定赏心悦目。但细读其内容，则顿感要呕吐。有些文字看不明白不要紧，就看其中某些关键词就行了。堂堂大宋君王，俯首称臣且不论，其卑躬自辱的语态，肉麻奉承的谀词，怎堪入目？

实在想不出更好的语汇，来描述该是何等地“斯文扫地”了！

一代君王的“斯文扫地”不值得同情、怜悯，咎由自取，自作自受。令苍天为之垂泪的还是那些尸横遍野的百姓，陷入冰河溺死的逃难者，用作抵充金银犒劳敌军的女人！

---

① 佚名《呻吟语》，见《全宋笔记》第四编（8）第34～37页，大象出版社2008年9月版。

让我惊诧不已的是，一个人的人性居然如此复杂。享够了天上人间、山呼万岁的极乐，也能承受九层地狱的煎熬。也许，只要抽掉那根名叫“尊严”的脊梁骨，人与动物也就没有什么区别了。

“昏德”如病毒，具有超强的复制能力，少有极权者能抗拒。封宋徽宗为“昏德侯”的金主吴乞买，也因“困迷酒色”，瘫痪不起，于绍兴五年（1135）殂于明德宫，时年六十一。同年四月，宋徽宗薨于五国城，年五十四。

叠山，叠山，好大一“叠山”

一

“溪上青山三百叠”，是东坡的诗句。据史料记载，与本文要推介的一位历史人物有关。

谢枋得（1226—1289），字君直，号叠山。很多诗文直呼其名为“谢叠山”（以下统称“谢叠山”）。这个“叠山”的号，是主人翁遭贬斥时反复吟咏东坡诗而自许。他将自己书屋也命名为“叠山”。

“叠山”所呈现的意象，高迈、坚挺、深邃，令人心游万仞。无论是轻轻地，还是大声地诵读几遍，顿觉眼界辽阔、腰椎强直、心胸旷达……

实在是孤陋寡闻，谢叠山的大名，是近期钻故纸堆才获知。有文章介绍说，谢叠山在他的同时代，与文天祥齐名。但世人皆知文天祥，几人知晓谢叠山？他的名字，实在不应该深埋在厚厚的历史尘埃中，应该让他永远闪耀在中国文脉精神的星空。如果说，有宋一代范仲淹、王安石、苏东坡、文天祥创造了中国士大夫精神的标高，那么，在这个行列中是绝对不能缺了谢叠山的。

二

搜索谢叠山的史料很困难，能找到的仅有三本书：一本《谢叠山全集校注》[①]、一本《谢枋得年谱》[②]，还有一部《谢叠山大传》[③]。看似整个史学界，只有俞兆鹏先生在专题研究谢叠山。从谢传的扉页上“作者简介”获知，俞先生早年就读于复旦大学历史系，曾任南昌大学历史系教授等职，当下状况不知。《谢枋得年谱》是一本薄薄的二手旧书，定价2元，笔者花一百多元从淘宝网搜得，如获至宝。令人有点啼笑皆非的是，这是一本俞先生1989年9月赠寄给某友人的书，内页居然还夹着给友人的信笺，大概书并未打开，就流落到旧书收购者手中了。信上说：“此书由作者包销，附上订单一张，请帮助推销几本。”

书尚未读，心中先有几分悲凉：一悲作者呕心沥血编成《谢枋得年谱》，出书后还得如卖菜大妈般推销；二悲曾经的盖世英豪谢叠山先生，身后何以被冷落到如坠雪泥冰窟？不知道还有几许被鲁迅称之为“中国的脊梁”者，与叠山一般遭遇？

---

① 熊飞、漆身起、黄顺强《谢叠山全集校注》，华东师范大学出版社1994年3月版。

② 俞兆鹏《谢枋得年谱》，江西人民出版社1989年8月版。

③ 俞兆鹏《谢叠山大传》，江西人民出版社2010年1月版。

三

谢叠山究竟何许人也？真如他的名号所标示的，不仅是一座山，而且是一片巍峨的山峰？《宋史·谢枋得列传》称其："为人豪爽，每观书五行俱下，一览终身不忘。性好直言，一与人论古今治乱国家事，必掀髯抵几，跳跃自奋，以忠义自任。"还有人描述其"如惊鹤摩空，不可笼系"[①]。从这段记载，我们可获得对谢先生两点印象：一是饱读诗书，记忆力惊人；二是论起国家治乱之事，就兴奋得拍桌子、掀板凳，连胡须也一根根抖动，以"忠义"为人生坐标。可谓是拔乎流俗、俯仰天地的人杰。

从这些概念性的评述，尚不足以让我们观"叠山"而仰止。还是让我们来仔细考察一下其人行迹，看究竟有什么非同寻常之处。从生卒年月不难推知，叠山先生生活在宋末与元初，这是一个朝代更迭、江山易主的痛苦的历史"痉挛"期。征服者与被征服者拉锯般连年征战，尸横城堞、剑漂血河。最遭罪的当然是黎民百姓，或充军，或被杀戮，或成饿殍野鬼，生命如蝼蚁被蹂躏。对于士人来说，遭逢此"痉挛"期，则要经受沧海横流、大浪淘沙般的洗刷。是泥沙，则被甩入浊水沟壑；是磐石，自会昂然挺立。面对旧主新君，该如何抉择？北岛的那句诗："卑鄙是卑鄙者的通行证，高尚是高尚者的墓志铭"，用来描述此时，最妥帖不过。

---

① 《谢叠山全集校注》第155页，华东师范大学出版社1994年3月版。

谢叠山第一个令人感到“怪异”的举动，发生在宝祐四年（1256），31岁时。他与文天祥同时参加科考，被“举进士，名列前茅，因廷对时指斥丞相董槐、宦官董宋臣及权奸丁大全，被抑置第二甲第一名”。参加科考，为的就是“金榜题名”，此人却在庙堂之上殿试时，不合时宜地指斥当权高官，称他“性好直言”，果然名不虚传。谢先生被列为二甲榜首后，派任抚州司户参军。但谢先生拒不就任，直接卷铺盖回家了。这个官“谢某”不当了。[①]其原因，不仅仅是因被抑置，嫌官位小，而是不愿与操弄权柄的奸臣为伍。《续资治通鉴》记载：“时阎妃怙宠，（丁）大全、（马）天骥用事，有无名子题八字于朝门曰：‘阎、马、丁当，国势将亡。’”还有人在皇上大兴土木为阎妃建的功德寺墙上匿名写道：“净慈、灵隐、三天竺，不及阎妃两张皮。”阎妃闻听，气得如不是丰乳肥臀坠着，恐要跳到半空中去了。下令彻查，结果不了了之。到了此时，苟且于江南一隅的南宋小朝廷，又在重蹈北宋末年的覆辙，一片衰亡乱象。

甭管朝廷如何腐败，想当官的人还是前赴后继。否则就不会发生宝祐元年（1253）四月，太学补试，考生蜂拥而入，相互践踏而死者甚多的怪事。乃因一旦中榜，命运就会彻底改变：有富户、大官在榜下择婿，颜如玉和黄金屋都随之而来。至于家国情怀、民生疾苦，那是对士人境界的更高要求，庸常之人是不会想那么多的。有几人会像谢叠山这样，一谈起国家治乱之事，连胡须也会跳舞？

---

① 俞兆鹏《谢枋得年谱》第40页，江西人民出版社1989年8月版。

谢叠山弃官回家不久，觉得不做行政官员，不妨去考个教官，当老师、做做学问，总不会玷污自己的名声。于是在第二年，参加教官资格考试，一考即中，获得建宁府教授资质。仍未去任教职。但这个“教授”资质，又让他在后来做出了一件震动朝野的事。其时，蒙古军不断南侵，南宋危在旦夕。皇帝下诏令“诸路出师抵抗蒙古”，响应者寥寥。身无一官半职的叠山先生，此时却冲出来，组织起一支两千多人的民间武装。为维持这支义军的给养，不惜变卖妻子的嫁妆和祖传的家产。令其震惊朝野的不是这件事，而是接下来做出的异常之举。

景定五年（1264）五月，江南东路漕司在宣城和建康举行乡试，谢叠山以建宁府教授的资历，被任命为考官。试题由考官拟定，不需要当地官员参与或审核。在草拟试题时，谢先生胸中回荡着对腐朽朝政的愤怒之气：这根朽木还有可雕之处吗？面对强敌入侵，“帝多嗜欲，怠于政事”，罢掉奸相丁大全，又来了一个比丁大全更坏的贾似道。如果说丁大全坏掉了心肝肺，这个贾似道则每根毛孔都滴答着坏水。此人正获皇帝宠信，弹劾只会反弹。更何况皇帝躺卧病榻，命悬一线，除了喝汤药，哪里还管得了贾似道如何窃弄威福？谢先生忧心如焚，却无法改变现状。倏地想到一招，在试题里埋十包“火药”，借助考生的笔墨，把“火药”引爆。他拟了十道题，全都是指斥贾似道如何窃弄权柄、陷害忠良、误国害民，让考生们提供对策。这十道题，成为宋代乃至中国科举考试历史上著名的“江东十问”。《文节先生谢公神道碑》载：“先生愤贾窃政柄、害忠良……发策十问摘其奸，极言‘天心怒、地气变、民心离、人才坏、国有亡……’”《宋季三朝政要》卷三曰：“谢枋得……发策凡十问，言权奸误国，赵氏必亡。”[1]笔者很想找到“江东十问”的原文，在此全文录入，遗憾未找到。我以为这份“江东十问”的考卷，是应该刻到碑上，收入大中学生的教材中，世世代代传下去的 。应让中国和全世界都知道，在中国的教育史和文学史上，曾有这么一位考官，以此独特的方式，甘冒杀身之祸，向误国害民的权奸发射“火药”。可以说，谢先生的“十包火药”，到了考生的笔下则成了千万捆扔向当政者的“火药包”，产生了如同“铀”一般的裂变，其杀伤力可想而知。这得要多大的勇气?

不过，民间有言:“死猪不怕开水烫。”对于一头“死猪”，也就无所谓杀伤力了。

漕使陆景思看到试卷，惊吓得几乎屎尿流滚了一裤子。为推卸责任，将考卷试题直接上呈贾似道。《续资治通鉴》记载:“漕使陆景思上其藁于似道，于是左司谏舒有开劾枋得校文发策，怨望腾谤，大不敬，乙未，谪居兴国军。”对于谢叠山来说，脑袋未搬家已是万幸，“谪居”就“谪居”吧，无非是换个穷苦偏僻的地方住住。兴国军属江南西路，在湖北境内，地处长江支流富川北岸（“军”是宋代行政区划的称谓，与军队无关)。这里的山水风景，正如苏东坡咏兴国军诗所描述的:“溪上青山三百叠，快马轻衫来一抹。倚山修竹有人家，横道清泉知我渴。芒鞋竹杖自轻软，蒲荐松床亦香滑。夜深风露满中庭，惟见孤萤自开阖。”虽然孤身一人居此，但叠山先生并不孤独。有东坡居士在天之灵为邻，有松风甘泉滋润心扉，有书香古琴充溢叠山书房，又有当地文友乡亲照

---

① 俞兆鹏《谢枋得年谱》第54页，江西人民出版社1989年8月版。

《云水间》　苏金成

拂，叠山先生觉得这日子，好过乌烟瘴气的官场一万倍。

如果叠山先生的人生大戏，到此便戛然而止了，笔者尚不会有写此文的冲动，更不会自掏腰包，乘高铁专程跑到弋阳“叠山书院”，去寻找先生的历史遗存和踪迹。叠山先生的戏，只能说刚刚拉开了序幕。更“辣眼”的“料”还在后头。

四

在兴国军谪居三年，逢大赦，谢叠山获释回弋阳与家人团聚。该年谢42岁，距辞别人世尚有22年。在这22年中，无论他个人命运，还是南宋江山都发生了惊天动地的巨变。

让历史的某个程序，按照同一个模板复制，大概也算是大宋王朝的“专利”了。北宋末年，宋、金联手灭辽，然后金人发现北宋殿堂的大梁已朽烂不堪，于是趁势就把北宋端了；到了南宋末年，老戏重演，宋、蒙古联手灭金，蒙古军发现南宋这帮“烂货”，居然占据这么美妙的地方，成天泡酒泡妞、半醉半醒、不干正事，也趁势就把南宋灭了，建立了元朝。

说起南宋小朝廷，愚夫忍不住想闲话几句。南宋官方在谈起北宋灭亡的教训时，几乎把矛头都指向王安石变法：是变法祸乱国家，导致朋党之争，带来北宋的衰亡。王安石被官家钉到了耻辱柱上，有些史家也按照官家舆论口径，摇笔乱涂，著马屁史书，导致王安石背负千年骂名。那么，南宋不再行王安石变法，为何重蹈北宋衰亡覆辙？它的死亡与王安石有鸟关系？

22年时光，算不得漫长。谢叠山回乡后先是居家讲学，在侵略军兵临南宋都城时，又一次组织义军与元军血战于安仁，兵败后为摆脱元军追捕，隐逸于信州云礤岭中，过起了野人般的逃亡生活。谢妻李氏在遭遇元军掳掠被逼婚时自缢而死。即便在宋皇向元军“奉表请降”“太皇太后降诏江南诸郡归附”时，谢叠山仍拒绝执行诏令投降。八年后，至元二十一年甲申（1284），谢59岁时，元朝宣布大赦天下，条令中云：“如有忠于所事者八年罪犯悉置不问”，谢先生也属在赦之列。这个抗元不降的南宋直臣，终于可以走出深山老林，不用靠采集野果子度日了。为解决基本的生计问题，谢先生常在建阳驿桥一带，设摊占卜，谋取生活资材，且只收粮食、衣物之类，不收金银、钱钞。再后居家教书为生。

到了至元二十三年（1286），谢61岁时，这种书生简朴而平静的日子没法过下去了。他被大元皇帝盯上了。也许在有些人看来是“福音”，但对谢先生来说却是噩梦的开始。元世祖令大臣搜访南朝散落在民间的人才，推荐录用。此举当然是为了使用汉族人才，更好地强化对汉民族的治理。行台侍御史程文海荐江南贤士三十人，而谢枋得名列榜首。这个榜首的地位、重要性，大概远超新科状元，是经过历练的有声望的成熟人才啊。在有的人眼中，“榜首”背后就是高官厚禄啊！江山易主，新朝皇帝礼贤南朝有真才实学的士人，是好事一桩啊！接到诏令，还不赶紧去大都恭候任命、山呼万岁？但在谢叠山看来，这个“榜首”是无法接手的“烫手山芋”。朝野上下都在瞪圆大眼，看谢叠山如何接这个“烫手山芋”？

程文海亲自南下奉旨征召推荐名单上的人才。某日，弋阳县令派人送来公文。文中云，侍御史程文海奉大元皇帝旨意，推荐谢枋得先生赴朝任职，不日将派人前来礼聘。那意思是，让叠山先生收拾行装准备启程。谢先生读到公文中称“特旨唤至诚无伪、以公灭私、明达治体、可胜大任谢枋得”，也许捋捋已经花白的几缕胡须，颇为不屑地想：当下南朝遗臣，哪里还有此等人才？真有，又岂会弃亡国之痛而求新宠？便提笔写了一封信，送给程文海大人，婉言谢绝皇帝的征诏，文中说：“宋室孤臣，只欠一死。某所以不死者，以九十三岁之母在堂耳。”随后告知老母刚去世，有丧在身：“稽之古礼，子有父母之丧，君命三年不过其门，所以教天下之孝也……某亲丧未克葬，持服未三年，若违礼背法，从郡县之令，顺执事之意，其为不孝，莫大焉！”又明确表明态度：“某自知不才久矣。‘亡国之大夫，不可以图存’，李左车犹能言之，况颇识诗书、颇知义理者乎！”“求异才而及某，非其人，非其人！贻笑天下，取讥于后世，非皇帝梦卜求贤之初意也。”所谓皇帝诏书所称的人才，“三代而下，真足当此选者，惟诸葛孔明一人”。[①]

这个“球”暂且被踢回去了，但不久又被踢了回来。

第二年某日，两个道士模样的人走进了谢家茅舍。自称“贫道林樵”的道士说明来意：“叠山先生德高望重，学识渊博，为人忠直，精通治道，深得大元皇帝器重。今江淮行省、信州道录司秉承皇上圣旨，派遣我俩前来，请先生出山为官……”另一位名谷春的道士则强调：“当今天下新定，四方不靖，大元皇帝急需贤才辅佐，以早致太平，故欲夺情起用先生。”[②]

---

① 熊飞、漆身起、黄顺强《谢叠山全集校注》第1～3页，华东师范大学出版社1994年3月版。

② 俞兆鹏《谢叠山大传》第286页，江西人民出版社2010年1月版。

通常按照儒家伦理，父母离世，官员须离职服丧三年，期满再续任或重新任命。但也有例外，皇帝有权下诏，申明因国家特殊需要，征召服丧官员提前中止服丧期任职，称之为“夺情”。皇帝“夺情”的理由应该是国家遭遇紧急危机，急需某官员参与政事，非此一般不会有“夺情”之举。当然，历史上也不乏某些重臣贪恋权位，暗示皇帝用“夺情”方式，让自己带丧留职，为士人阶层所不齿。现在元世祖“夺情”起用谢叠山的理由显然不充分，新朝已建立多年，政权基本稳定，虽时有骚乱发生，但动摇不了元朝统治的根基。没有什么政事，非谢叠山出山来摆平不可。只是这个位列榜首的谢某，牛皮烘烘，居然拒绝皇帝的征召，反吊起了元帝的胃口，觉得这样的淡泊名利的忠臣孝子，正是新朝需要的贤才。因闻谢先生崇尚道学，就派道观法师登门再邀。

谢叠山再一次严词拒绝。一强调母丧在身，不可应聘；二袒露心迹——宋朝遗民，无意仕元；针对法师登门，特别以道家主张外生死、极虚静、少寡欲，申明自己追求恬淡无欲的人生境界，诚望皇恩浩荡，放任谢某做一个自由自在的元朝逸民。

道士无语。

“宋朝遗民、元朝逸民”，是谢叠山对自我余生的定位。他用行动论证了，这“定位”如“叠山”般坚挺，即便地壳板块发生碰撞、挤压、裂变也不会动摇。

五

又一年（1288），谢叠山连续两次被征召。

先是四月，江淮行省丞相忙兀台奉旨亲临谢家，执手相劝，态度极为诚恳。谢曰："上有尧舜，下有巢由；上有成汤，下有随光；上有周武，下有夷齐。今存一谢枋得，听其食西山之薇，又何损于国家？"忙兀台正欲再加劝勉，倏地看到谢家厅壁上写一条幅，是谢叠山笔墨："清明正大之心不可以利回，英华果锐之气不可以威夺"，心中凛然一惊，不再言语，乃悻悻退出。①

随后，江西行省参知政事管如德奉旨搜求江南人才，礼部尚书、翰林学士承旨留梦炎推荐谢枋得。留梦炎何许人？他有两个重要的身份标识不能不说：第一个身份，曾是南朝丞相。但这个前朝丞相居然在兵临城下、大难来时，一拍屁股私自溜了。皇上需要用人之际，却找不到这个"股肱大臣"的影子。"留"哉"留"哉，"溜"之乎哉。"留"某当朝，不败才怪！留梦炎的第二个身份，曾是谢叠山参加省试的考官，也称座师，按古代官场惯例有师生之谊。现在"座师"发话了，"门生"听也不听？

说起留梦炎，有必要在此赘上几句。此人溜回老家衢州，在元军进攻衢州时，即以故相之号召力率众投降，为进入新朝献了一份厚礼。这还不算最无耻的。文天祥被俘后，面对酷刑和威逼利诱，坚不降元。有些降元的宋臣提议，准文天祥出家改做道士，忽必烈心动。此时留梦炎却说："天祥出，复为号召江南义士抗元，吾辈将置于何地？"他的意见，导致文天祥被杀。留某因此被称为"宋末第一败类"！比秦桧类奸臣更等而下之。明朝理学大家孔天胤称留某为"最寡廉鲜耻之徒"！明清两朝甚至禁止他的后人参加科举

---

① 俞兆鹏《谢枋得年谱》第138页，江西人民出版社1989年8月版。

考试，祸延子子孙孙，真正是遗臭万年！[①]

谢叠山以门生身份和口吻，给留梦炎上呈一书《上丞相留忠斋书》，又被后人称为“却聘书”，理直气壮地阐明“不可应聘”有三。全文长达2600余字，堪称千古雄文，这里仅录其两节：

“贾似道执国命十六年，欺君罔上，误国残民，其恶不可一二数。拘行人，负岁币，满朝无一人敢言其非；兵连祸结，亡在旦夕，满朝无一人敢声其罪。善类亦可自反矣！天怒于上，人怨于下，国灭主辱，理固宜然，天实为之，人岂能救之哉！皇帝之礼三宫，亦可谓厚矣；皇帝保全亡国之臣，亦可谓有恩矣。江南无人才，未有如今日之可耻。”

叠山先生指斥权奸贾似道执国，导致国灭主辱；大骂“江南无人才，未有如今日之可耻”。这位“寡廉鲜耻”的留梦炎，不会听不出弦外之音吧？

“某断不可应聘者，其说有三：

“一曰：老母年九十三而终，殡在浅土，贫不能备礼，则不可大葬。妻子爨婢，以某连累死于狱者四人，寄殡丛冢十一年矣，旅魂飘飘，岂不怀归！弟侄死国者五人，体魄不可不寻，游魂矣不可不招也。凡此数事，日夜关心，某有何面目见先生乎！此不可应聘者一也。”

这里从家事引申至国事，说明“断不可应聘”理由之一。其二、其三则引经据典，从不同伦理角度表明“不可应聘”的态度。

谢叠山的“却聘书”，未能断绝元帝征召的念头。前后各色人

---

① 参见公众号“趣历史的小熊掌”2018年10月30日推介文章。

等共有五次，或威逼，或利诱，或劝勉，试图落实皇帝旨意，皆遭断然拒绝。此事闹得沸沸扬扬，几乎朝野皆知。事情发展到这一步，已经不仅仅是一方搜罗南方人才，另一方“无意仕元”、不做“贰臣”的对立。这是一场皇权与士人风骨的博弈。如果是当下企业招聘人才，某人无兴趣，谁还会强求？仅就征召人才本身来说，元朝也并非缺了谢某就玩不转了。问题就在于双方权位完全不对等：一方是拥有极权的“至尊”，另一方是微弱如草芥的书生，谁会成为这场博弈的赢家呢？

六

如果一个人悟透了生死，铁心用头颅和热血捍卫自己的尊严和价值观，那么任何极权都莫之奈何。强权者可以用屠刀砍掉一介书生的脑袋，但砍不掉一个人的信念、理想、精神、风骨。时光很残酷，皇帝和书生的肉身，都终将是一缕轻烟、半抔黄土，唯精神穿越时空，润泽一代代新的生命。

与谢叠山生活在同时代的南宋末期名臣文天祥，就是士人风骨的一个标志性符号。谢叠山会重复他的命运吗？

至元二十五年（1288）九月上旬，福建行省接到元帝忽必烈特旨：“宣唤不觑面皮正当底人谢枋得，就交魏天祐上大都来的时分，就省里索气力，一同带将来者。”[1]这回福建行省参政魏天祐做了软硬

① 俞兆鹏《谢叠山年谱》第281页，江西人民出版社2010年1月版。

两手准备。“敬酒不吃”，那就“罚酒强灌”。其结果是谢先生在剑鞘威逼下强行启程。观弋阳叠山书院陈列室，见有画图展示谢叠山被押送大都时戴着枷锁，是不符合史实的。实际情况是，途中虽有人看押，但谢先生是被用简易轿子抬着、水路时改坐船前往大都的。由于从南至北，要穿过大半个中国，路途迢迢，水路又常遇结冰停航，走走停停，从冬走到春，至次年（1289）四月二十一日才抵达京城。刚在驿馆住下，叠山先生问明宋太皇太后殡葬地和德祐皇帝所在的方位，然后扑通跪拜，行君臣之礼并失声恸哭，引得路人侧目而视：这位衣衫褴褛而又气质不凡的“疯汉”，是干吗呢?

也许有人问：“那个腐朽不堪的小朝廷，谢叠山有必要如此忠心耿耿么?”叠山先生在《上丞相留忠斋书》中，曾这么阐述君臣关系：“‘大臣者，以道事君，不可则止。’孔子尝告我矣，君臣以义合者也，合则就，不合则去。”因此，与其说叠山先生忠于前朝，不如说他是忠于一种“义”，忠于养育了他的故国土地。这种“义”的具象化，就是忧乐天下。[①]

有驿馆人员威胁性地告诉他：“此是文丞相（文天祥）斫头处。”叠山先生答曰：“当年集英殿赐进士第，幸同榜，今复从吾同年游地下，岂非幸耶!”与文天祥在天堂相逢，把酒、抚琴、吟诗、醉里挑灯看剑、论家国治乱之事，正是谢叠山求之不得的。

谢先生从被押送大都时就断断续续开始绝食，有时只食几粒干枣，此时就完全拒绝进食，以求速死。他随带的物品，除了一个褡裢，还有一把心爱的古琴。琴背有他刻下的铭文：“东山之桐，西

① 熊飞、漆身起、黄顺强《谢叠山全集校注》第8页，华东师范大学出版社1994年3月版。

山之梓，合而为一，垂千万古。”身体虽日渐衰弱，有时居然还能起而从容弹琴。如山崩地坼、万马嘶鸣般的铮铮琴音，飘荡在驿馆内外，每一个音符的颤动，都如刀尖划过看守官员的心脏。让听闻者惊恐不安。四天后，他们奉命将谢先生移送至荒郊的悯忠寺。留梦炎派人送来汤药，药内掺入米粒。谢先生挥手打翻药罐，怒曰：“吾欲死，汝乃欲我生耶?!”

至元二十六年己丑（1289）四月五日，至京城第五日夜，谢叠山先生绝食与世长辞。享年64岁。他的坚挺如山的脊梁上，镌刻着他的理念：

“清明正大之心不可以利回，英华果锐之气不可以威夺!”

谢先生著有诗文64卷，大多毁于战火劫难，仅幸存6卷。这大概也是他身后寂寞的原因之一吧?

林语堂《苏东坡传》的偏见与硬伤

一

近期因涉猎一些史料，忽生重读林语堂《苏东坡传》的想法。这一读，居然读出不少“刺”。有“刺”在喉，索性一吐了之。

20世纪80年代，在四川大学中文系读书时，老师讲中国通史，赞誉“王安石是中国11世纪伟大的政治改革家”。由是便对王安石激发出浓厚的好奇心，很想以他为中心人物，写一部历史小说。

课余搜罗王安石的史料，最主要的是读了北大宋史专家邓广铭先生的《北宋政治改革家王安石》，以及涉及宋代生活习俗的书籍，摘录了数百张卡片。因多种因素小说未写，但对王安石变法有了初步的了解。

再后来读到了林语堂版《苏东坡传》。该著简体字版在中国大陆刚面世时，是一部风靡一时的畅销书。书中有大量文字涉及王安石变法及王安石的人格形象，基本皆为负面评述，指责变法存在的问题，暴露王安石人格中几乎极其“丑陋”的一面，使王安石的形象在愚夫心中产生了严重扭曲。起码不再认为王安石是一位多么伟大的变革家和治世能臣，写小说的激情也荡然寂灭。

林语堂的《苏东坡传》是他的代表作品之一，历来也被文学界推崇为人物传记写作的典范性作品，激情澎湃，文字优雅，对传主的刻画精致入微，具有强烈的艺术感染力。林语堂是何等人物？在中国现代文学史上，虽无法与鲁迅等量齐观，也是排在前十位的大师级文学家。他学贯中西，面对东方说西方，面对西方说东方，尤为世人所称道。但这次重读他的《苏东坡传》，却屡屡止不住如梁启超读《宋史》般，“未尝不废书而恸也”。该著最大的问题在误征某些不实史料，在苏东坡与王安石之间褒贬失当。东坡是天才级的大文豪固然为文学史家共识，但不等于东坡先生是一块无瑕之白璧，更不是一尊神。完全不必要为了把东坡描述成“完人”，不惜过度贬抑另一位在某些方面可能比东坡更伟大的历史先贤。

二

详论王安石变法成败得失非本文主旨。已有大量著作和学术文章做过研究分析。先来看看林版《苏东坡传》在贬抑王安石时的几处“硬伤”。

林语堂先生为了证明王安石变法存在的问题，列出“变法派（当权派）”与“反对派”两大阵容名单，以此说明拥护、推行变法者除王安石和支持变法的神宗皇帝外，皆是一批“野心大，精力足，阴险而诡诈”的小人；而反对派阵容中则有司马光、欧阳修、苏东坡、范仲淹等一批巨公重臣、君子、伟人。“变法派”列出12

人，“反对派”列出26人。[①]且不论以拥护和反对人数的多寡来说明变法的合理或谬误是否精当（名单只是列出朝廷官员，并无更有说服力的民意数据或社会调查作支撑）；且不论简单地将“变法派”官员一概斥之为“小人”，将“反对派”皆视作“君子”，以此来论证王安石的孤立无援，是否具有说服力；仅就“反对派”阵营中的伟人、重臣、文学家范仲淹来看，林语堂先生显然犯了一个常识性的错误。愚夫查阅多种范仲淹的传记，范仲淹的生卒年月皆为宋太宗端拱二年（989）至皇祐四年（1052），享年64岁。而王安石正式推行变法在熙宁二年（1069），此时范仲淹辞世已经17年。即使往前推，39岁的王安石上呈的那道阐述变革图强理念的万言书《上仁宗皇帝书》时（1059），范仲淹也已辞世7年。[②]无论如何推算，范仲淹早已是作古之人，怎么可能从墓地里复活，成为熙宁变法的“反对派”？愚夫怀疑是否简体字版翻译出版有误，又找来香港天地图书出版公司的繁体版对照，发现范仲淹的大名也赫然列在“反对派”阵营。[③]

愚夫百思不得其解，博古通今、学贯中西的林语堂先生，怎会犯如此低级的常识性错误？难道是在英译汉中，翻译者犯下的技术性差错？那么，两家出版社那么多编审人员怎会没有看出来？

另外，从政治理念上考量，范仲淹是庆历新政的领军人物。尽管庆历新政如同中医的那根针，尚未扎入穴位就夭折了，但他针对宋王朝各种弊政提出的变革举措，与后来王安石的熙宁变法精神是

---

① 林语堂《苏东坡传》第94～95页，湖南人民出版社2013年10月版。
② 刘成国《王安石年谱长编》（二）第472页，中华书局2018年1月版。
③ 林语堂《苏东坡传》第107页，香港天地图书出版公司2009年2月版。

一脉相承的，或换一种表述，也可以说王安石变法是庆历新政的延续和深化。范仲淹怎么可能会成为变法的“反对派”？更何况，他在熙宁变法时就已作古十多年，也完全没有从“变法派”转为守旧派的可能。

此其一。

三

林语堂在《苏东坡传》中评价“王安石是个怪人”，“徒有基督救世之心，而无圆通机智处人治世之术”。然后笔锋一转，批评王安石“是一个不实际的理想主义者。倘若我们说理想主义者指的是不注意自己饮食和仪表的人，王安石正好就是这等人”。愚夫感到奇怪的是，林语堂是用什么样的逻辑，将理想主义与不注意饮食和仪表勾连起来的？林语堂继续描述：“王安石的衣裳肮脏，须发纷乱，仪表邋遢，他是以此等恶习为众所周知的。苏洵在《辨奸论》那篇文章里刻画王安石说‘衣臣虏之衣，食犬彘之食’。又说他‘囚首丧面而谈诗书’。”[①]且不论林语堂通过不讲卫生等生活琐事，来丑化王安石形象，进而否定他的变法理念，是否具备基本的内在逻辑，愚夫想进而指出的是，林语堂先生多处引用苏洵文章《辨奸论》，来丑诋王安石的人格形象，是《苏东坡传》的又一“硬伤”。

---

① 林语堂《苏东坡传》第72页，湖南人民出版社2013年10月版。

现留存于世的苏洵文章《辨奸论》，文中虽未指名道姓骂王安石，但其中文字，读过之人皆认为影射的是王安石，文中还说："今有人，口诵孔老之言，身履夷、齐之行，收召好名之士、不得志之人，相与造作语言，私立名字，以为颜渊、孟轲复出，而阴贼险狠，与人异趣""凡事之不近人情者，鲜不为大奸慝……"苏洵为苏轼、苏辙之父，唐宋古文八大家之一。此文将王安石的名字与历史上臭名昭著的奸臣同列，用语刻毒，流传甚广，影响甚巨。从文章本身看，并无坚实的事实依据作支撑，仅从衣冠不整之类生活细节上升到"大奸慝""阴贼险狠"的人格高度来攻讦，并不令人信服。但因相传为苏洵文章，几乎成为千古名篇。这一盆污水几乎泼过近千年。在今人收集的苏洵文集中，仍能读到此文。[①]

对苏洵文章的真伪问题，清代学者李绂、蔡上翔就已提出强有力的疑问，主要论点为：《辨奸论》始见于南宋绍兴初年守旧派活跃人物邵雍之子邵伯温所撰《闻见录》，书中诋毁荆公文字甚多，显然是借苏洵之名夹带"私货"；马端临《文献通考》载苏洵《嘉祐集》为十五卷，明嘉靖张镗刻本亦为十五卷，其中并无《辨奸论》。而《辨奸论》实见于《老苏文集》二十卷，应为后人补入；欧阳修为苏洵写的墓志、曾巩写的哀辞，以及二人全集中均未议及《辨奸论》；最重要的是该文所诋毁王安石的骂语，与实际情形不符——欧阳修在宋仁宗嘉祐元年（1056）荐王安石于朝，王安石也同时得到曾巩、文彦博等众多老臣激赏，所谓"囚首丧面"状让人莫名其妙。王安石自庆历二年（1042）中进士，至嘉祐年间结交皆贤士，何来

① 《苏洵集》第129页，中州古籍出版社2010年5月版。

《云起风生香益清》　苏金成

文中所谓“好名之士、不得志之人”？苏洵卒于英宗治平三年（1066），而王安石推行新法于熙宁二年（1069），其时苏洵已离世四年。在生前他只在餐桌上见过王安石一面，连语言交流都没有，凭什么就作出如此多的恶毒攻讦？从文本分析，该文“支离不成文理”“乱杂无章”，根本不似出自大文豪苏洵之手。①

梁启超在《王安石传》中则用犀利言辞批评邵氏《闻见录》：“邵氏之流，以诬荆公者并诬明允（苏洵），其鬼蜮之丑态，吾实无以测之，独恨后之编史者，悉奉此等谰言以为实录，而沉沉冤狱，遂千古而莫伸也。”②尽管史学界围绕苏洵《辨奸论》的真伪问题，争论了数十年，南北两位重量级的学者邓广铭与章培恒为此打过笔仗，但有一点显而易见：甭管《辨奸论》是邵氏伪作，还是邵氏收录他人伪作，甚或确证为苏洵之作，文章本身都是脱离基本历史事实，不足采信的。愚夫在考研争议各方观点时发现，有些学人在所谓“版本学”中考证来考证去，在“草蛇灰线”中索引来索引去，却偏偏在“常识”中迷失。苏洵不是神仙，不可能在熙宁变法四年前就预测变法存在“问题”；即使苏洵再多活四年以上，一位大文豪如此丧失理智地辱骂王安石为“大奸慝”“阴贼险狠”，也是不可想象的。

但林语堂先生却不厌其烦地对《辨奸论》加以征引，用以诋毁王安石的人格形象，有失一位大师级作家和学者的水准。好端端的

---

① ［清］蔡上翔《王荆公年谱考略》第151～153页，上海人民出版社1973年8月版，参见王昊《近五十年来〈辨奸论〉真伪问题研究述评》，《社会科学战线》2002年1期。

② 梁启超《王安石传》第93页，商务印书馆2018年1月版。

一部《苏东坡传》，因掺入了大量类似《宋史》《邵氏闻见录》这类秽史史料，散发出一股令人不适的气味。每读至此，愚夫总忍不住又一次“废书而恸也”。

四

王安石在神宗皇帝支持下推行变法，激起的滔天巨浪可谓前朝未有。变法与反变法之争议，双方都表现出真理在握、气势如虹的状态，都高举忧国忧民的旗号。对争论的详情，有多种论著可以阅览，不必在此赘言。

在《苏东坡传》中，林语堂显然站在“反对派”一边，对新法加以冷嘲热讽。尤为林语堂所不能容忍的是变法派对御史台谏官的贬黜，林语堂谓之“清除异己”。先后受到外放、降职的官员达到“十四人”，有的是意见不被采纳主动请辞。其中“十一名是御史台的人”。

司马光是“反对派”的旗帜性人物，苏东坡是司马光的同道，是反变法最为激进的人物之一。他的《上神宗皇帝万言书》，最为林语堂所赞赏，评之曰：“其个人之气质与风格，其机智学问与大无畏的精神，都显然可见。愤怒的争论与冷静清晰的推理，交互出现。有时悲伤讥刺，苛酷批评，坦白直率，逾乎寻常；有时论辩是非，引证经史，以畅其义。为文工巧而真诚，言出足以动人，深情隐忧，因事而现。”东坡文章豪情万丈，瑰丽飞扬，那是没说的。但苏东坡与司马光反变法的核心理念显然是错的，其源头来自《论语》中的“君子喻于义，小人喻于利”。正如司马光在《与王介甫书》中所说：“使彼诚君子耶，则固不能言利；诚小人耶，则唯民是虐”，“盖善恶者，君子、小人之分，其实义、利而已”。对于司马光的指责，王安石四两拨千斤，轻轻就将其挡回去了：“为天下理财，不为征利。”反变法派完全混淆了君子之“利”与小人之“利”的区别。无论国家还是个人，都离不开“利”，否则国家如何富国强兵？百姓如何丰衣足食？关键在如何对待“利”。“小人”为一己私利不择手段，而君子爱财生之有道。更何况为解决宋王朝冗兵、冗官、财竭的困境为“天下理财”？这正体现了范仲淹、王安石忧患天下的中国传统士大夫的最高人格境界。

其实，史家简单地将东坡归之于反变法派，并不尽之合理。东坡先生一生都是一个独立不羁、敢于直言、满肚子“不合时宜”的人。在熙宁变法时，他反对变法，放言无忌；在司马光上台尽废新法的元祐更化时期，他照样反对司马光不顾实际意气用事。对司马光尽废免役法，他讥刺说：“相公此论，故为鳖厮踢（鳖相互踢）。”司马光不解何意：“鳖安能厮踢？”东坡说：“是之谓鳖厮踢。”司马光明白是说废免役法，阻止东坡再议。东坡曰：“……岂今日作相，不许轼尽言耶？”司马光不悦，仍坚持彻底废除免役法。东坡回到学士院，连骂司马光：“司马牛、司马牛。”[①]

苏东坡的伟大，不仅在于其独立敢言的人格魅力，才华横溢的诗文成就，还在于他始终有着一种反思和自省的精神。林语堂先生大概还忽略了苏东坡在熙宁变法之后，对推行新法的态度变化。他

① 《调谑编》，《宋人轶事汇编》（四），第1625页，上海古籍出版社2015年6月版。

在给同样曾反对新法的友人滕达道的一封信中说:"某欲面见一言者,盖为吾侪新法之初,辄守偏见,至有异同之论,虽此心耿耿,归于忧国,而所言差谬,少有中理者。今圣德日新,众化大成,回视向之所执,益觉疏矣。"[①]东坡自省:"新法之初,辄守偏见",虽因忧国而发声,但"所言差谬,少有中理者"。林语堂先生试图将东坡描画成所言皆真理的"完人",恐怕反倒是拉低了东坡的精神人格境界吧?

苏东坡与王安石同为中国士人中罕有的君子、圣人,虽曾因政见不同而有过冲突,但相互包容,成为历史佳话。宋神宗元丰二年(1079),苏东坡因写讥切时弊的诗文,被人构陷逮捕入狱,生命处于随时可能被送上断头台的危险境地,史称"乌台诗案"。有不少官员上疏营救。已退隐金陵的老宰相王安石发话:"安有盛世而杀才士乎?"王安石虽已退隐,但在神宗心中仍有极大分量。此案"以公(王安石)一言而决"。东坡免予一死,被贬为黄州团练副史。[②]

元丰七年(1084),王安石退居金陵,时年64岁,老病缠身。东坡"自黄(州)往北",特地拜访王安石,"日与公游,尽论古昔文字",王安石叹息谓人曰:"不知更几百年,方有如此人物。"两位伟人名贤,"相逢胜地,歌咏篇章,文采风流,照耀千古,即江山亦为之壮色"。苏东坡甚至欲在金陵买田造屋,与王安石为邻,"老于钟山之下"。[③]对这两位名震朝野的巨公名贤的相逢,正史野

---

① 《苏东坡全集》第2527页,北京燕山出版社2009年12月版。

② 见《诗谳》,转引自曾枣庄《论眉山诗案》,《四川师范学院学报》1980年第3期。

③ 刘成国《王安石年谱长编》(六)第2149~2153页,中华书局2018年1月版。

史均有大量记载，既显示出他们超越庸常之辈的才情，也向世人呈现出博大的胸襟。

不知为何，在林语堂先生笔下，为了凸现苏东坡的“完美”，总要时时扭曲王安石的人格形象，把他们描述成耿耿于往事恩怨的“敌人”？在征引史料时，林语堂对真伪不加甄别，凡诋毁王安石的记载，则不惜笔墨采录并加以发挥。使得这部传记在史实与史识方面，皆充满谬误与偏见。也可见，林语堂先生的人格思想境界，与他笔下的传主比，不知要相差多少个量级?!

五

林版《苏东坡传》对变法派（包含支持变法的神宗皇帝），排斥、贬逐持异议的御史台谏官和重臣，是持批判态度的。初读此传，愚夫也十分认同。但在旁涉其他相关史料和学人的研究著作——如罗家祥《朋党之争与北宋政治》[①]、虞云国《宋代台谏制度研究》[②]等后，觉得林语堂的观点仍有失偏颇。

林语堂先生认为，宋代御史台的监督作用，“与现代的新闻舆论大致相似”。其实问题并不如此简单。御史台本质上仍是皇权、人治的工具。对御史台官员的任用、对其谏议是采纳还是拒绝，全在皇上的耳朵是张开的还是闭着的、喜欢谁或讨厌谁，对皇权并不起任何制衡作用。皇上要用谁，即使你弹劾该人的奏章击中要害，

① 罗家祥《朋党之争与北宋政治》，华中师范大学出版社2002年1月版。
② 虞云国《宋代台谏制度研究》，上海人民出版社2014年8月版。

可以充耳不闻；皇上不想用谁，即使你的弹劾奏章“风闻言事”、无中生有，也照样借“刀”将某官员搞掉。宋王朝皇帝蓄意采用“异论相搅”的策略，使政见相左乃至怀有敌意的大臣共处一朝，相互牵制，以此消除重臣权力对专制君主集权的潜在威胁。[①]而宋代御史台官员的病态人格，也使御史台成为政治体制中的一个“怪胎”：官员“必以诋讦而去为贤，习以成风”，为达此目的，常常用语刻毒而无事生非，甚或编造谎言进行人身攻击，将对方置于死地。欧阳修、王安石、苏东坡都曾受到过类似的攻讦。宋神宗、王安石主政时，因为每有新政出台即朝议汹汹，但又不见有人提出消除弊政的具体方略，只得调整、贬逐御史台官员，使得新政得以贯彻，在当时情势下并无不妥。

对御史台官员的更换、调整、贬黜，成为北宋朋党之争的一个普遍手段。既非从王安石任相开始，也未因王安石的离去便终止。在司马光任相尽废新法、实行“元祐更化”时，同样也是任用一批拥护废除新法的官员，使得“更化”畅通无阻。

就王安石自身来说，其道德文章、执政能力在梁启超眼中都是超凡的，“其德量汪然若千顷之陂，其气节岳然如万仞之壁，其学术集九流之粹，其文章起八代之衰，其所设施之事功，适应于时代之要求而救其弊”。“若乃于三代之下求完人，惟公庶足以当之矣。”[②]王安石是不是一个梁启超说的“完人”，容再议。但梁启超著《王安石传》，并未如林语堂那样，用同为伟人的苏东坡来做

---

① 罗家祥《朋党之争与北宋政治》第7页，华中师范大学出版社2002年1月版。

② 梁启超《王安石传》第5页，商务印书馆2018年1月版。

“垫脚石”，无疑要比林版《苏东坡传》高明多了。

苏东坡在王安石辞世后，为皇上起草的赠王安石太傅敕书中，高度赞扬王安石：“朕式观古初，灼见天意。将有非常之大事，必生希世之异人。使其名高一时，学贯千载。智足以达其道，辩足以行其言。瑰玮之文，足以藻饰万物；卓绝之行，足以风动四方。用能于期岁之间，靡然变天下之俗。……少学孔、孟，晚师瞿、聃。罔罗六艺之遗文，断以己意；糠秕百家之陈迹，作新斯人。属熙宁之有为，冠群贤而首用……”[①]林语堂先生不会认为，东坡笔下皆违心之语吧？

“在朝不蓄势，在野不蓄财”，这是流行于民间的对王安石的赞誉，可谓点睛之语，精彩至极。

林版《苏东坡传》可以不看了。期待新的史学、文学大家，重写一部高品质的苏东坡传。

---

① 《苏东坡全集》第2217页，北京燕山出版社2009年12月版。

苏轼与章惇："密友"何以成"仇敌"

苛责与神化

苛责先贤与为尊者讳，两者皆非对待历史人物的正确态度。

前者让我们失去对一种伟大品格和伟人特殊贡献的敬畏；后者，则会导致大多人将先贤供奉到神龛里去，只能烧香、跪拜，无法亲近和效仿。

是人总是会有人性的弱点和缺陷，我们不必因为某巨公伟人有缺点，就忽略或抹杀其在特定历史时代或特殊领域的贡献；同样，我们也无必要因某人的伟大而遮蔽和讳言其瑕疵。

在现实中，对苏轼和鲁迅这样的文豪，可谓神化与苛责并存。但主要的问题是神化，对其历史的局限性和人性的某些弱点，缺少客观的认知和反思。尤其是对于苏轼，近年来累积如山的文章和书籍，几乎都将他描述成一个集各种"家"于一身的白璧无瑕的完人、神人。

本文只谈苏轼的某个侧面，不涉鲁迅。

命运最惨的为何是苏轼

我们都知道苏轼的命运非常坎坷，尤其是晚年生活，几乎陷入万劫不复的无底深渊。继因乌台诗案被贬放到黄州，没料到，后来又迭遭贬逐，先后被贬放到惠州和当时被称为瘴疠蛮荒之地的海南儋州，虽然没有死在流放地，但死在了返回的途中。

按常理判断，在北宋晚期党争中，他并不处于元祐党人（旧党）职级的最高端。他的最高官位是礼部尚书、端明殿学士、翰林侍读，同时期在他上位任宰辅的有多人。司马光不算，因司马光任相不到一年即离世。新党想“迫害”也无机会，只能祸延其后人、子弟。除司马光外，任宰相的有吕公著、范纯仁、吕大防、文彦博、刘挚、苏颂……在宋徽宗和蔡京联手刻录的“元祐党人碑”中，苏轼排在第二档——待制以上官员的首位。但苏轼却是遭到打击和迫害最残酷、最严厉的一位，因此仅仅用政治理念不同引发的党争导致被迫害解释不通。

难道是天意作弄，要让苏轼这样的文学天才，在苦水的浸泡中升华出更多珠玑佳作来？千万不要这么想！凡有仁者之心的人，都不会有这种“残忍”的想法。即便苏轼本人，也绝不会乐意成为这种文学理念的践行者。虽然客观事实如此，他最好的诗文都喷发于绝望的磨难中。

其实，对于这段历史稍加考察，就不难发现，欲置苏轼于死地的一个关键人物是：章惇。在苏轼被流放惠州、儋州期间，章惇都是手握执政大权、威高震主的宰相。苏轼先生也完全清楚，章惇是他最凶恶的敌手；他甚至也清楚，以章惇的个性，要置他于死地，完全在意料之中。但章惇凶恶的程度和手段之毒辣，也许还是超出了他的想象。

让我们回溯一下，苏轼与章惇交往的大致过程，也许就能捋出一个清晰的线索：曾经是最亲密的友人，为何成了主导苏轼晚年凄惨命运的最凶残的敌人？

最亲密的友人

嘉祐二年（1057）三月，宋仁宗御崇政殿亲试礼部进士，章惇与苏轼同榜高中。在此次礼部廷试中，章惇有一个不寻常的表现：因其族侄章衡获状元，他落在晚辈之后，居然愤愤不平，质疑考官识见，弃进士诏令于地，放弃此次功名。章惇再考，中甲科第五名。可见此人性情与才华之不凡，一是竟在考场与晚辈亲属论高下，耻于在其侄后；二是考场似乎为他而设，只要进考场，必然如探囊取物，庸常之人哪来此种胆识？

高中同榜进士，并非章惇与苏轼交往的起始。真正的交往起始于章惇随后调任商洛令，苏轼调任凤翔府节度判官，两地相邻，皆为陕西路辖地。恰好在嘉祐七年（1062）秋天，陕西路在长安举行解试，章惇与苏轼皆参加试务，有此机缘，又是“同年”，负责陕西路的帅臣刘敞对他们“皆以国士遇之”，“二人相得欢甚”。[①]

---

① ［宋］曾慥《高斋漫录》，《全宋笔记》第四编（五）第104页，大象出版社2008年9月版。

在此“相得欢甚”期间，野史载有两则趣事，已可见两人性情之异。

二人同游南山诸寺，至仙游潭，有一处双峰对峙，渊深万仞，俯视其壑，毛骨悚然，之间只架一根独木桥。章惇推苏轼过独木桥至对岸，在山壁上留下笔墨。苏轼战战兢兢不敢前往；章惇则面无怯色，跨过木桥，且用藤蔓卷成的绳索，一头系在树上，一头缠住腰，然后“蹑之上下，神色不动，以漆墨濡笔大书石壁上曰：‘章惇、苏轼来游。’”。苏轼用手拍拍章惇肩背感叹：“子厚（章惇字）必能杀人！”章惇问：“何也?”苏轼曰：“能自拼命者，能杀人也！”一个人连自己的性命都不在乎，当然也就有胆量杀人了。章惇听了，哈哈一笑，只当是友人戏言。[①]

二人在山寺小饮，听人报说有老虎下山。二人皆已处在“酒狂”状态，乃勒马前往观望。果见一虎，距离数十米远，马惊蹶足不敢往前。苏轼说：“马受惊不敢往前，我们还是回去吧！”章惇不惧，乃继续策马前行。到了距虎近处，章惇取一铜锣用石头“哐当哐当”猛敲，老虎被吓阻而逃窜。归来后章惇对苏轼说：“你这人啊胆子小，将来肯定不如我。”史书上是这么记载的，章惇“归谓子瞻曰：‘子定不如我。’”。至于苏轼听后是否也报之以哈哈一笑呢？不清楚。

以此二细节可证，章、苏二人性情有别。但这不影响二人友情的建立和发展。今人皆知苏轼，是因为苏轼的诗文成就，随着

① 《东部事略》卷九十五，《宋人轶事汇编》（三）第1511页，上海古籍出版社2015年6月版。

时光推移而越发昭彰。世人很少知道章惇，但在当时章惇却是冠绝一时的风云人物，绝非等闲之辈，用台湾学者刘昭明先生的话说：“平心而论，章惇胆识、机智确实胜过苏轼，确是厉害角色。”苏轼曾在给章惇的书简中对章惇给予极高评价：“轼始见公长安，则语相识，云：‘子厚奇伟绝世，自是一代异人。’至于功名将相，乃其余事。”①

在苏轼写给苏辙的诗《病中闻子由得告不赴商州三首》中，章惇的名字首次出现在苏轼诗文中：

> 近从章子闻渠说，苦道商人望汝来。
> 说客有灵惭直道，逋翁久没厌凡才。
> 夷音仅可通名姓，瘿俗无由辨颈腮。
> 《答策》不堪宜落此，上书求免亦何哉。

根据苏轼自注：诗中“章子”即指“章惇”。苏辙中进士后，曾被任命为商州军事判官，但因多种缘由未赴任。章惇任职的商洛，是商州属地，故诗中写到章惇向苏轼介绍商州一带的风土人情，且缺少得力的治理人才，苏轼希望弟弟能尽快到任，即所谓“苦道商人望汝来”。

宋英宗治平元年（1064）正月十三日，章惇的商洛令任期满，在离开前特地相约友人苏旦、安师孟，同往凤翔拜访苏轼。苏轼则尽地主之谊，用四天时间，陪章惇等游终南山楼观、五郡、大秦

---

① 《苏东坡全集》第2469页，北京燕山出版社2009年12月版。

寺、延生观、仙游潭等名胜景点，对此游在苏轼、章惇的诗文中均有记载，可谓一时佳话。

到了宋神宗元丰二年（1079），苏、章二人仕途地位发生巨大落差。由于章惇追随王安石变法，升任翰林学士，在最高殿堂为皇上起草制诰诏令，可谓平步青云，春风得意，而苏轼仍在外地任职，沉于下僚。但地位悬殊不影响两人友情持续加深，时见有诗词唱和往来。不久因变法派内部的矛盾冲突，章惇的仕途遭受第一次挫折，被人弹劾后出知湖州，赴任前曾作数诗寄知密州的苏轼，其中一首写道：

> 君方阳羡卜新居，我亦吴门葺旧庐。
> 身外浮云轻土苴，眼前陈迹付籧篨。
> 涧声山色苍云上，花影溪光罨画余。
> 他日扁舟约来往，共将诗酒狎樵渔。[①]

“籧篨”是古代用笋或竹编的粗草席。“阳羡”乃古时宜兴的称谓，相传苏轼喜爱该地山水风物，欲买田在此终老。章惇在诗中与苏轼期许：“他日扁舟约来往，共将诗酒狎樵渔。”可见二人情谊之深。

中国文人似乎皆有此通病，官场不得意了，便向往超凡脱俗，欲荡扁舟于江湖苇丛。而身处高位时，则红尘滚滚，雄睨目空一切。

---

① 《全宋诗》（13）第9030页，北京大学出版社1993年9月版。

知密州的苏轼，收到章惇诗，即次其韵，作《和章七出守湖州二首》：

其一

方丈仙人出淼茫，高情犹爱云水乡。
功名谁使连三捷，身世何缘得两忘。
早岁归休心共在，他年相见话偏长。
只因未报君恩重，清梦时时到玉堂。

其二

绛阙云台总有名，应须极贵又长生。
鼎中龙虎黄金贱，松下龟蛇绿骨轻。
霅水未浑缨可濯，弁峰初见眼应明。
两卮春酒真堪羡，独占人间分外荣。①

苏轼在诗中盛赞章惇在仕任上建立的功业，也极度欣赏其放舟江湖、徜徉山水的高雅情趣。苏轼的诗句“早岁归休心共在，他年相见话偏长”，既是对年轻时在长安、凤翔共赏山川美景的回溯，也是对未来诗酒风流共度人生的憧憬。

苏轼与章惇的友情，在“乌台诗案”前后达到了巅峰。在“乌台诗案”中，苏轼被御史台一群弹劾官欲置于死地。任宰相的王珪一向不喜苏轼，也想借此契机，企图将苏轼“诛杀”。他不怀好意

① 《苏东坡全集》第315页，北京燕山出版社2009年12月版。

地在神宗皇帝面前推波助澜，诬陷苏轼有不恭之罪，而重返朝堂担任翰林学士的章惇，为苏轼仗义执言，在神宗面前反驳王珪，为苏轼辩护。史载：

> 元丰间，苏子瞻系大理狱。神宗本无意深罪子瞻，时相进呈，忽言苏轼于陛下有不臣意。神宗改容曰："轼固有罪，然于朕不应至是，卿何以知之？"时相因举轼《桧诗》"根到九泉无曲处，世间惟有蛰龙知"之句，对曰："陛下飞龙在天，轼以为不知己，而求之地下之蛰龙，非不臣而何？"神宗曰："诗人之词，安可如此论？彼自咏桧，何预朕事！"时相语塞。（章）子厚亦从旁解之，遂薄其罪。子厚尝以语余，且以丑言诋时相，曰："人之害物，无所忌惮，有如是也！"[1]

文中的"时相"，即当时任宰相的王珪。请注意最后一句话，章惇讥刺王珪："人之害物，无所忌惮，有如是也！"此话真够狠的。不过，这是章惇一贯的用语风格。另有史料载，退朝后章惇继续质问王珪："是不是想使苏轼家破人亡？"王珪推脱称："此舒亶言也。"章惇反唇相讥："舒亶的口水难道也可以吃吗？"[2]应该承认，章惇是变法派（新党）中的骨干人物，此时为苏轼辩护是需要超越党争和牺牲个人利益的巨大勇气的。章惇为苏轼免于

---

① ［宋］叶梦得《石林诗话》，转引自《孔凡礼古典文学论集》第176页，学苑出版社1999年1月版。

② 曾枣庄《论眉山诗案》，《四川师范学院学报》1980年第3期。

治重罪而仗义执言，挺身而出，立场鲜明，是有恩于苏轼的。苏轼被贬放至黄州后，又收到章惇表达慰问之情的书简，苏轼在回简中写道：

轼顿首再拜子厚参政谏议执事。去岁吴兴，谓当再获接奉，不意仓卒就逮，遂以至今。即日，不审台候何似？

轼自得罪以来，不敢复与人事，虽骨肉至亲，未肯有一字往来。忽蒙赐书，存问甚厚，忧爱深切，感叹不可言也。恭闻拜命与议大政，士无贤不肖，所共庆快。然轼始见公长安，则语相识，云："子厚奇伟绝世，自是一代异人。至于功名将相，乃其余事。"方是时，应轼者皆怃然。今日不独为足下喜朝之得人，亦自喜其言之不妄也。

轼所以得罪，其过恶未易以一二数也。平时惟子厚与子由极口见戒，反覆甚苦，而轼强狠自用，不以为然。及在囹圄中，追悔无路，谓必死矣。不意圣主宽大，复遣视息人间，若不改者，轼真非人也。来书所云："若痛自追悔往咎，清时终不一眚见废。"此乃有才之人，朝廷所惜。如轼正复洗濯瑕垢，刻磨朽钝，亦当安所施用？但深自感悔，一日百省，庶几天地之仁，不念旧恶，使保首领，以从先大夫于九原足矣。轼昔年粗亦受知于圣主，使少循理安分，岂有今日？追思所犯，真无义理，与病狂之人蹈河入海者无异。方其病作，不自觉知，亦穷命所迫，似有物使。及至狂定之日，但有惭耳。而公乃疑其再犯，岂有此理哉？然异时相识，但过相称誉，以成吾过，一旦有患难，无复有相哀者。惟子厚平居遗我以药石，及困急又有以收恤之，真与世俗异矣。

黄州僻陋多雨，气象昏昏也。鱼稻薪炭颇贱，甚与穷者相宜。然轼平生未尝作活计，子厚所知之。俸入所得，随手辄尽。而子由有七女，债负山积，贱累皆在渠处，未知何日到此。见寓僧舍，布衣蔬食，随僧一餐，差为简便，以此畏其到也。穷达得丧，粗了其理，但禄廪相绝，恐年载间，遂有饥寒之忧，不能不少念。然俗所谓水到渠成，至时亦必自有处置，安能预为之愁煎乎？

初到，一见太守，自余杜门不出。闲居未免看书，惟佛经以遣日，不复近笔砚矣。会见无期，临纸惘然。冀千万以时为国自重。[①]

苏轼在落难之中收到章惇来信，对章惇在信中“存问甚厚，忧爱深切”，为之感叹不已。并高度评价章惇：以章惇的才干，出将入相只算是“业余的事”，其溢美之言，“高”得不能再“高”了。在信中又称：“一旦有患难，无复有相哀者。惟子厚平居遗我以药石，及困急又有以收恤之，真与世俗异矣。”可见苏轼系狱时，“子厚救解之力为多”。

到了此时，章惇与苏轼的友情，可以说已从普通的友人上升为患难之交了。

---

① 《苏东坡全集》第2469页，北京燕山出版社2009年12月版。

最凶恶的敌人

神宗驾崩后，哲宗年幼，高太皇太后垂帘听政，重新起用司马光等一拨旧党人物，苏轼得以回到中枢，被委以重任，这是苏轼仕途中最风光的日子，持续了近八年。

然后便是高太皇太后驾崩，哲宗亲政，重续父志，新党人物章惇、蔡卞等重返朝堂，苏轼的噩梦开始了！他的噩梦一直持续到生命的终结。最后死于从海南儋州返回的途中——常州。

而对苏轼持续制造“噩梦”，给苏轼身心带来双重折磨的正是他曾经期许泛舟江湖、在“乌台诗案”中为他仗义执言的亲密友人章惇。在高太皇太后驾崩后，章惇与蔡卞任左右相，章惇为左仆射，持续执掌大权七年。时任枢密大臣曾布对哲宗曰：“人主操柄，不可倒持，今自丞弼以至言者，知畏宰相，不知畏陛下。臣如不言，孰敢言者?”臣僚知畏章惇，不知畏官家，可见章惇在朝堂之威猛。在持续打击元祐党人的“组合拳”中，章惇对苏轼下手最重、最狠、最致命，恨不得立即置苏轼于死地。

最亲密的朋友，成了最凶恶的敌人。

高太皇太后在临崩前，已对执政大臣放出口风，大意是：我死后，官家必起用一批新人，诸位不妨提前考虑自己的后路。苏轼在诸臣中对政治风向的变化，算是敏感的，于高太皇太后驾崩前即上疏请求离京去外地任职，于元祐八年（1093）六月二十日被罢去礼部尚书、端明殿学士，改知定州。但他请求改知越州，未获许可。

在赴定州前请求面辞皇上也不可得。由此，苏轼预感到祸患将至，只是不知即将到来的暴风雨会有多猛烈。

台湾学者刘昭明认为：“元祐群臣，苏轼首遭贬黜，自有章惇因素。”[①]因朝堂大臣皆知，章惇与苏轼关系早已交恶，于是在章惇拜相前后，对苏轼交相弹劾，以取悦章惇，成为章惇打击、迫害苏轼的打手。侍御史虞策弹劾苏轼：“所作诰词，语涉讥讪。”殿中侍御史来之邵上章称：“轼凡作文字，讥斥先朝，援古况今，多引衰世之事，以快忿怨之私。”范纯仁在苏轼危难之际，上书为苏轼辩护，求“宽贷”，但上不从。“时宰”有加害意。“时宰”即章惇。苏轼被贬岭南后，其弟子黄庭坚有诗句称：“子瞻谪岭南，时宰欲杀之。”“平生人欲杀，耿介受命独。”说的都是章惇欲置苏轼于死地。[②]

在这一波弹劾后，苏轼以垂老之身再遭贬黜，于绍圣元年（1094）四月十一日，被革去端明殿学士、翰林侍读学士，依前左朝奉郎，由定州改知英州。其被贬诰词由中书舍人蔡卞所撰写：

> 讪上之恶，众慜厥愆；造言之诛，法谨于近。刕弹章之荐至，孰公议之敢私。爰正常刑，以警列位。端明殿学士兼翰林侍读学士、左朝奉郎、知定州苏轼，行污而丑正，学辟而欺愚。顷在先朝，稍跻清贵。不惟喻德之义，屡贡怀谖之言。察其回邪，靡见听用；遂形怨诽，自取斥

① 刘昭明《苏轼与章惇关系考——兼论相关诗文及史事》第453页，新文丰出版公司2011年6月版。

② 孔凡礼《苏轼年谱》第1141页，中华书局1998年2月版。

疏。肆予纂服之初，开以自新之路。召从方郡，服在近班。弗讹尔心，覆出为恶。辄于书命之职，公肆诬实之辞。凡兹立法造令之大经，皆曰蠹国害民之弊政。虽托言于外，以责大臣；而用意之私，寔害前烈。顾威灵之如在，岂情理之可容。深惟积辜，宜窜远服。只夺近职，尚临一邦。是为宽恩，无重来悔。可特落端明殿学士兼翰林侍读学士，依前左朝奉郎，知英州。[①]

才过两日，有人上疏认为苏轼“罪大责轻”，苏轼又被降一职。在前往英州途中，苏轼实在承受不了陆行颠簸之苦，上章乞求改从滑州乘船，至南康军再改陆行。尚未至英州，新的贬黜诏令又来了。先是四月，张商英追论“苏轼论合祭天地非是，乞加罪”。至六月，御史来之邵上疏再劾苏轼“自元祐以来多托文字讥斥先朝，虽已责降，未压舆论，应加罪处罚”。

对苏轼再贬惠州的制词，奉“时相（章惇）风旨”，由林希起草，用语极其恶毒：

左承议郎、新差知英州苏轼，元丰间，有司奏轼罪恶甚众，论法当死，先皇帝特赦而不诛，于轼恩德厚矣。朕初嗣位，政出权臣，引轼兄弟，以为己助。自谓得计，罔有悛心，忘国大恩，敢以怨报。若讥朕过失，亦何所不容。乃代予言，诬诋圣考。乖父子之恩，害君臣之义。在

---

① 《宋大诏令集》第773页，中华书局1997年12月版。

> 于行路，犹不戴天。顾视士民，复何面目？乃至交通阍寺，矜诧倖恩，市井不为，缙绅所耻。尚屈典章，但从降黜。今言者谓轼指斥宗庙，罪大罚轻，国有常刑，非朕可赦，宥尔万死，窜之遐服。虽轼辩足惑众，文足饰非，自绝君亲，又将奚怼？保尔余息，毋重后悔。可特责授宁远军节度副使，惠州安置。①

林希也曾是苏轼友人，见章惇得势，卖友投靠，不惜颠倒是非，丑诋苏氏兄弟。时人称林某有文采，苏轼见诰词后用揶揄的口吻说了一句："林大（林希别称）亦能作文耶！"

苏轼无论是贬黜惠州，还是再贬海南儋州，章惇都是幕后"总导演"，章惇是苏轼晚年凄惨命运的制造者。在章惇独相七年间，所有贬放元祐党人的旨令，都要经过章惇的手。

章惇在不断贬逐苏轼到更远的瘴疠蛮荒之地过程中，还有两件事做得实在太过分：一是一旦发现苏轼沿途经过的州郡，有郡守或其他臣僚对苏轼一行待之以礼或提供生活便利，则给予严惩，使得沿途州郡官员对苏轼避而远之。看《苏轼年谱》就知道，苏轼流放途中的歇宿之地大多在寺庙。二是派遣对苏轼有宿怨的官员或政治敌手任贬放地州、路官员和巡按流放属地，对苏轼进一步加重身心折磨，乃致促其早亡。称其凶恶至极，应不为过。

苏轼初到惠州时，是受到时任知州詹范的礼遇的，苏轼有诗状其貌其情："老詹亦白发，相对垂霜蓬。赋诗殊有味，涉世非所工。

① 孔凡礼《苏轼年谱》第1158页，中华书局1998年2月版。

杖藜山谷间，状类渤海龚。”循州守也曾多次向苏轼馈米。但时间不久，这位循州守即被罢了。到惠州第二年三月，章惇派苏轼的“冤家”程之才到惠州巡视。说来，这位程之才还是苏轼的姊夫。苏轼父苏洵娶眉山望族程氏女，苏、程两家有了姻亲关系。苏洵唯一的女儿八娘，又嫁给了程氏家族下一辈程之才。这本应是一门亲上加亲的好事，却导致亲家成仇家。其原因是苏轼姊八娘因个性耿直，不见容于公公、婆婆，以及丈夫程之才，因此在程家饱受虐待，即使生病也不找医生，结果八娘年仅十八岁便郁郁而终。苏洵为此而悲愤不已，曾撰文大骂程家“薄骨肉之亲，缺孝悌之行”，程之才的父亲程濬是“贪财好色的卑鄙小人，多行不义的州里大盗”。[①]苏轼在入仕后，也曾指斥程之才为“邪恶小人”并断绝与其来往。

苏、程两家情感彻底破裂。

章惇与苏轼相交多年，当然深知苏、程两家视若仇敌的宿怨往事。这次特地派广南东路提刑程之才巡视惠州，就是欲借程之才之手，将苏轼往死里整。巡视官员有督查罪臣的职责。但效果居然完全相反，苏轼与程之才四十余年的心结因此而冰释。对于程之才即将来惠，苏轼起初非常紧张，不知该如何面对这位断绝交往四十余年的姊夫。先是请广东程乡县令侯晋叔打探程之才的态度，没料到程之才表现出化解两家冤仇的高姿态，并特别请侯晋叔转达他的善意和关心。于是苏轼与程之才恢复书简联系，程之才一到惠州，即携礼物亲临苏轼住所嘉祐寺探望，临离开时还关照惠州官员请苏轼

① 刘昭明《苏轼与章惇关系考——兼论相关诗文及史事》第514、521页，新文丰出版公司2011年6月版。

《峡江烟云》 苏金成

搬到三司行衙合江楼居住，苏轼多次致书表达谢意。这位程之才，因化解旧冤、善待苏轼而遭章惇打压，不久调离广南东路，自此仕宦不显。

绍圣四年（1097），在章惇、蔡卞对元祐党人加重惩处的新一轮打击中，二苏受贬最重。苏辙从筠州再贬至岭南雷州，苏轼由惠州贬往海南儋州。这次贬谪，由章惇主导，来之邵、张商英等人再次充当打手。

苏轼刚刚在惠州费时十月，为自己建造了新居，改变了原来迁来迁去居无定所的状态。再度被流放，意味着前功尽弃，又要踏上更为险恶的跨海旅程。正如清代学者王文浩所感叹："公方稍安，而后命已至……每为三叹。"有史料记载，章惇看到苏轼写于惠州的诗句"为报先生春睡美，道人轻打五更钟"，觉得苏轼在惠州活得如此安逸，要让他再度经受颠踬跋涉之煎熬。

为减轻家人的流离之苦，苏轼只让三子苏过伴随自己渡海，令长子苏迈仍在惠州照料家眷。

苏轼至儋州后，章惇又故技重演，企图派苏轼仇敌酷吏吕升卿等按察广南西路，逼苏轼自裁，因曾布、陈次升等人上疏劝阻，哲宗才罢此诏令。

最难宽宥的错误

在乌台诗案中，章惇为挽救苏轼免死，在皇上面前仗义执言，顶撞时相王珪，可谓是"真君子"；而至绍圣年间，章惇持续贬谪苏轼，欲置其死于流放之途，可谓是“真小人”。

曾是苏轼最亲密友人的章惇，为何却成了逼害苏轼的最凶恶的敌人？“真君子”与“真小人”，在章惇身上何以能融汇成一体？究竟是何因素，触发了苏轼与章惇关系反目成仇的一百八十度翻转？

如果用一句话回答：苏轼在处理与章惇关系上，犯了不可宽宥的低级错误！

且让我们把目光回溯到元丰八年（1085）初，神宗驾崩，哲宗继位。哲宗年幼，接掌皇权的是垂帘听政的高太皇太后。反变法的旧党人士渐复起用，其中最引人注目的是司马光和苏氏兄弟。新党重臣章惇初期在朝，由通议大夫、门下侍郎，改知枢密院。新、旧两派人士，围绕新法的存、废展开激烈交锋。司马光抱老病之躯，欲尽废新法。朝堂上的唇枪舌剑，司马光显然不是章惇的对手。章惇气盛且有辩才，嬉笑怒骂、荤素搭配、语锋四射，常常让司马光处于窘态，乃至于请苏轼传话给章惇，劝其勿当众羞辱他。由此也可见，此时苏、章的友好关系尚未破裂。

神宗去世后，新、旧党交锋胜负一度处于胶着状态，但司马光的背后是反对变法的高太皇太后，因此司马光一进入中枢，一道道废除新法的诏令接连下达。变法派人士纷纷被贬黜离京。章惇也是被旧党围攻、弹劾的主要攻击目标。在诸多弹劾奏章中，用语皆很刻薄、恶毒。章惇被列为罪大恶极的“三奸”和“四凶”之一。对此，也许在章惇的意料之中，出乎他意料的是苏氏兄弟也加入了对他的“恶攻”行列中。元祐元年（1086）闰二月十八日，初任右司谏的苏辙上《乞罢章惇知枢密院状》：

臣闻朝廷进退大臣与小臣异，小臣无罪则用，有罪则逐。至于大臣则不然，虽罪名未著，而意有不善，辄不可留。何者？朝廷大政出于其口，而行于其手，小有龃龉，贻患四方。势之必然，法不可缓。臣窃见知枢密院章惇，始与三省同议司马光论差役事，明知光所言事节有疏略差误，而不推公心即加详议，待修完成法然后施行。而乃雷同众人，连书札子，一切依奏。及其既已行下，然后论列可否，至纷争殿上，无复君臣之礼。然使惇因此究穷利害，立成条约，使州县推行，更无疑阻，则惇之情状犹或可恕。今乃不候修完，便乞再行指挥，使诸路一依前件札子施行，却令被差人户具利害实封闻奏。臣不知陛下谓惇此举，其意安在？惇不过欲使被差之人有所不便，人人与司马光为敌，但得光言不效，则朝廷利害更不复顾。用心如此而陛下置之枢府，臣窃惑矣。尚赖陛下明圣，觉其深意，中止不行，若其不然，必害良法。且差役之利，天下所愿，贤愚共知。行未逾月，四方鼓舞。惇犹巧加智数，力欲破坏。臣窃恐朝廷急有边防之事，战守之机，人命所存，社稷所系，使惇用心一一如此，岂不深误国计？故臣乞陛下早赐裁断，特行罢免，无使惇得行巧智，以害国事。[1]

苏辙在此奏章中，指斥章惇在变更推行免疫法问题上，居心叵

① 《栾城集》（中）第808～809页，上海古籍出版社2009年10月版。

测，“巧加智数，力欲破坏”。明确地提出罢免章惇枢密院职，“无使惇得行巧智，以害国事”。苏辙乞罢章惇，有政治理念、党派不同的因素，但如果仅仅因此而翻脸不认人，对其兄密友，且有恩于苏轼的章惇拔刀相向，是否太无情无义了？在章惇看来，握着刀把的手不仅仅是苏辙，也有苏轼。众皆所知，苏氏兄弟的关系亲密如穿“连裆裤”，苏辙在弹劾章惇前，按常理该与其兄通气。苏辙的翻脸无情，也意味着苏轼的翻脸无情。即便苏辙上章前，苏轼不知，但在苏辙上章后，也未见苏轼有回护章惇的任何示好言行，等于默认苏辙的攻击是对的。

台湾学者刘昭明认为，司马光变更免役法产生弊端，“苏辙不弹劾司马光，却归咎于章惇”，可谓是“欲加之罪，何患无辞，章惇自感愤恨不平”。苏辙的奏章“夸大章惇恶行，力加挞伐，目的只有一个：将章惇逐出朝廷”。[①]

苏辙弹劾给了章惇致命一击，五天后章惇被贬知汝州，随后又改提举杭州洞霄宫，从枢密院大臣一下子跌落为一个闲人。用章惇语自道是：“洞霄宫里一闲人，东府西枢老旧臣。”

令人感到尤为不解的是，在章惇已出知汝州后，苏轼又对章惇补插一刀。在上奏的《缴进沈起词头状》中，指控章惇附和王安石谋求边功，草菅人命：“臣伏见熙宁以来，王安石用事，始求边功，构隙四夷。王韶以熙河进，章惇以五溪用，熊本以泸夷奋，沈起、刘彝闻而效之，结怨交蛮，兵连祸结，死者数十万人……”[②]

---

① 刘昭明《苏轼与章惇关系考——兼论相关诗文及史事》第388、389页，新文丰出版公司2011年6月版。

② 《苏东坡全集》第1926页，北京燕山出版社2009年12月版。

苏轼此“状”中阐述的理念，与司马光处理边防的“苟且”思路是一脉相承的。司马光主张宁可割让土地给邻国，以此换取边境的和平。这种以肉饲虎的做法，显然是错误的。尤其是文中涉及章惇招降五溪边民之事，而这正是章惇仕途中颇为自得的功绩之一。而在此前，苏轼在诗中曾赞誉章惇此举“功名谁使连三捷”，“近闻猛士收丹穴”。在此事上，苏轼随官位的变化而“前恭后倨”，评价截然相反，文名显赫如日月光耀天地的苏轼先生，难道在做人上也可以如此不堪吗？更何况面对的是曾经在乌台诗案中为自己仗义执言的恩人。苏轼先生难道此时，已将在黄州写给“章七”的信札忘得一干二净？章惇不再是他给予高评的“奇伟绝世”的章惇了？说此时的苏轼“落井下石”“忘恩负义”算不算过分？士人皆知苏轼是有情有义的“真君子”，此时为何成了无情无义的“真小人”？

政坛风光常常不可持续。常言：“一朝君子一朝臣。”苏轼大概料想不到，若干年后章惇咸鱼翻身，位极人臣，成了他晚年凄惨命运的主导者。

苏轼在早年与章惇交往中，就深知章惇是能“拼命”、能“杀人”的狠角儿。昨天章惇可以为你两肋插刀，一翻脸，章惇也可以对你两肋插刀。

你不仗义我不仁，爱恨从来皆有因。

复仇的火焰始终在章惇胸间熊熊燃烧，即便把苏氏兄弟烧成灰烬也难解心头之恨。

---

① 《苏东坡全集》第1926页，北京燕山出版社2009年12月版。

由此，我们多少可以理解，要让苏轼死于颠踬之途的为何是章惇。而苏轼晚年凄惨命运的制造者中，其实也有他自己。呜呼，愚夫为先贤悲泣唏嘘时，也忍不住时时要捶击自己的胸膛。

“西园雅集”透泄宋代文人精神密码

一

总是试图让史识构筑在坚实可靠的史实之上，但发现史料常常如一根晃晃悠悠、吱吱嘎嘎的独木桥，下面是深不见底的沟壑……

我所能做到的是，如果连一根独木桥也无，绝不臆造一道虚幻的彩虹。

二

最初的阅读和探究兴趣，萌发于一段介绍北宋文人雅集的史料。后人多称这次雅集为“西园雅集”。原先对这个“雅集”也闻所未闻，研究艺术史的专业人士大概知晓。因为参与雅集的有几位是中国艺术史上无法绕过去的顶尖人物：苏东坡（不仅是文学家，同时是大书法家）、米芾（大书法家）、李公麟（开创白描人物画的大师级画家）、王诜（大画家、收藏家、驸马都尉）……但在更广阔的大众视野中，大多数人如我这般孤陋寡闻，只知有王羲之召集的“兰亭雅集”，不知有更让人惊叹的“西园雅集”。

于是，搜罗各类史籍和当代文论中有关这次“雅集”的记载，试图获得“雅集”完整而精细的资料，目的无他：书生的“老毛病”——很想围绕这样一个值得文学艺术史记载而又无更多人知道的“雅集”写一部书。阅读中发现很多关于这个历史时段的人物传记和史料，都有介绍，但通常是寥寥数笔，一带而过，可谓语焉不详。让我感到意外惊喜的是，从一个论文网站搜索到上海美术学院胡建君教授的博士论文《元祐文人圈与文人画的发展》，其中第一章第三节专题写到了“元祐文人圈与西园雅集”。这部论著，帮助我对“西园雅集”有了一个轮廓性的整体了解，为我提供了进一步向前探究的路径。

三

有了初步了解后，就纳闷，为何如此高规格的“西园雅集”，却闷在文史堆中，没有如“兰亭雅集”那般进入中国大众的视野？

且来比较一下，两个“雅集”参与者各自的阵容：

——“兰亭雅集”：王羲之、谢安、谢万……共有四十二人；

——“西园雅集”：苏东坡、苏辙、李公麟、黄庭坚、晁补之、秦观、张耒、米芾、王诜等，共有十六人。

看两次雅集的阵容，我们就会发现，在“兰亭雅集”中，堪称文学艺术史上巨公伟人的，只有王羲之，其他人我们对其文学艺术成就，则所知甚少。而“西园雅集”中，有苏氏兄弟，加苏门四学士和大艺术家李公麟、米芾、王诜，个个都是文学艺术史上光耀千古的巨人，为何却未产生“兰亭雅集”那样的传播力和影响力呢？这是我在阅读相关史料时产生的第一个问号。

毫无疑问，“兰亭雅集”之所以几乎家喻户晓，首先得之于王羲之的那篇文章和书法皆一流的《兰亭集序》。尽管书法原迹早已失传，但一代代书法大家的摹写，使得其清雅俊逸、超凡脱俗的书法艺术，仍能长盛不衰。有了书圣的笔墨，“兰亭雅集”也就成了中国文人“雅集”中的一个不朽事件；同时，文章本身又是代代学子传诵的千古名篇，其闪烁的光亮穿越时空，当然不可能被时光的尘埃所湮没。反观北宋的这次阵容强大无双的“雅集”，却未能给我们留下可与《兰亭集序》媲美的遗墨和文字。有苏氏兄弟和苏门四学士、几位艺术大家参与的活动，以他们才华横溢的诗文、艺术造诣，理应有不朽的记叙诗文和笔墨传世。遗墨和文字是有的，但在文学艺术史上一直存有争议。遗墨有李公麟所绘《西园雅集图》和米芾所题写的《西园雅集图记》。按理说，有这两位大家的图文载其雅聚，也足以震烁千古了。现将米芾的《西园雅集图记》全文引录如下：

> 李伯时（李公麟）效唐小李将军为着色泉石云物草木花竹，皆妙绝动人。而人物秀发，各肖其形，自有林下风味，无一点尘埃气，不为凡笔也。其乌帽黄道服捉笔而书者，为东坡先生。仙桃巾紫裘而坐观者为王晋卿。幅巾青衣据方几而凝伫者为丹阳蔡天启。捉椅而视者为李端叔。后有女奴，云鬟翠饰，倚立自然，富贵风韵，乃晋卿之家姬也。孤松盘郁，后有凌霄花缠络，红绿相间。下有大石

案，陈设古器瑶琴，芭蕉围绕，坐于石盘旁，道帽紫衣，右手倚石，左手执卷而观书者，为苏子由。团巾茧衣，手秉蕉箑而熟视者为黄鲁直。幅巾野褐，据横卷画渊明归去来者，为李伯时。披巾青服，抚肩而立者，为晁无咎。跪而捉石观画者为张文潜。道巾素衣，按膝而俯视者，为郑靖老。后有童子执灵寿杖而立。一人坐于盘根古桧下，幅巾青衣袖手侧听者，为秦少游。琴尾冠紫道服摘阮者，为陈碧虚。唐巾深衣，昂首而题石者，为米元章。幅巾袖手而仰观者为王仲至。前有鬅头顽童捧古砚而立，后有锦石桥竹径，缭绕于清溪深处，翠阴茂密，中有袈裟坐蒲团而说无生论者为圆通大师，旁有幅巾褐衣而谛听者，为刘巨济。二人并坐于怪石之上，下有激湍环流于大溪之中，水石潺湲，风竹相吞，炉烟方袅，草木自馨。人间清旷之乐，不过于此。嗟乎！汹涌于名利之域而不知退者，岂易得此耶！自东坡而下，凡十有六人，以文章议论、博学辨识、英辞妙墨、好古多闻、雄豪绝俗之资，高僧羽流之杰，卓然高致，名动四夷。后之览者，不独图画之可观，亦是仿佛其人耳。

其文与李公麟的绘图相对应，呈现了这一众多巨公伟人在聚会时的形态。其文末的一声长叹，似也足以如“兰亭集序”般，使后学晚生心灵为之颤动。但其实际效应，为何仍拘于专业学术圈内，在百姓中几乎寂寂无闻？胡建君教授的论文，较为详尽地概述了“雅集”图文引发争议的论点。参与论争的学者，不仅有中国大陆，还有美、日及中国台湾地区等海内外众多的研究者。可以说，都持之有据，让人看了常有穿过一团迷雾，又堕入另一团迷雾之感。因李公麟和米芾原迹皆不见传世，后世学人只能凭借各种他人的文字和描绘摹本来推测。一推测，就难免公公婆婆，各说各理。我们只能说，某一种论点，所依托的证据，稍稍靠谱一些。诸如南宋楼钥的《题王诜〈湘乡小景〉》记载："国家盛世，禁脔多得名贤，而晋卿（王诜）尤胜。顷见《雅集图》，坡、谷、张、秦，一时巨公伟人悉在焉。"稍后，又有同为南宋人的刘克庄在《跋〈西园雅集图〉》称："本朝戚畹惟李端愿、王晋卿二驸马好文喜士，有刘真长、王子敬之风。此图布置园林、山石、人物、姬女，小者仅如针芥，然比之龙眠（李公麟）墨本，居然有富贵态度。"从刘克庄的记载看，李公麟的雅集图还不止一个版本。除了墨本，还有一个着色本。这个版本画得很精致，似画在扇面上。而米芾的"记"也是用蝇头小楷题写在纨扇之上。[①]南宋人士记载北宋名士活动，算是较靠前的记载了。即便"图、记"是南宋人之伪托，但我也坚信雅集活动绝非无中生有。

台湾学者衣若芬在《一桩历史的公案——西园雅集案》一文中，从四个方面质疑其真实性，得出"图、记"为后人托名的结论。她的核心论据是"在明代之前，米芾的《西园雅集图记》，无论在他本人的文集抑或其他的文献记载中都不见提及"；而大陆学者杨宽胜则态度相反，他认为"从（米芾）《宝晋英光集序》中可知，在岳珂开始整理米芾诗文之时，已经散失了有十分之九之多。

---

① 见胡建君《元祐文人圈与文人画的发展》第30页。

《巫溪山居》 苏金成

况且‘南渡而后，文献不足’，所以不能凭借南宋的典籍文献中没有收录，便否定史实与图记的真实性”[①]。

四

甭管是质疑或肯定，都无可以用来板上钉钉的“铁证”。让笔者同样生疑的是，米芾的《西园雅集图记》为何却缺失了对活动时间的标注？我们都知“兰亭集序”，首句便是，“永和九年，岁在癸丑，暮春之初……”而米芾的“图记”，无论首尾都无时间标注，使得后人围绕“雅集”举行的时间，也争得唾沫横飞。另还有让人生疑的是，整篇文字几乎都在介绍画中人物的形态，等同于该画构图的说明书，导致行文支离沉滞，缺少气韵贯通的淋漓和洒脱，似非米芾文章之水准，更像是普通文人的笔墨。其中对人物衣着的描写文字，“幅巾”一词出现了五次，也有违通常的为文之道。

“西园雅集”的“图、记”呈现较晚，又始终伴随着学界的争议，也许是这一阵容强大的巨公伟人的雅聚盛事，未能进入大众文化视野因素之一。

另一影响传播力的因素，也许与雅集的召集人、场所、时代氛围有关。文人雅集的源头很早，在《诗经》中就已有记载，只是能够为大众称道广泛流布的无几。在“西园雅集”前，名气最大的当然是“兰亭雅集”。该雅集，几乎成了中国古代文人精神高蹈、超

---

① 见胡建君《元祐文人圈与文人画的发展》第33页。

越功利乃至悟透生死的一个标志性符号。“兰亭”的召集人为已弃官归隐的会稽内史王羲之，参与者人数众多，“群贤毕至，少长咸集”，诗与酒是雅聚的主要形态。背映叠翠峰峦、修竹茂林，惠风拂面，春阳和煦，酒香袅袅。文士们环绕曲水席地而坐，酒杯随溪水漂移，停在谁的面前，谁就得吟诗饮酒。吟不出诗，则加倍罚酒……在这样一种醉眼蒙眬、文思泉涌的状态下，王羲之为诗集作序，翰墨飞扬，无意间登上了中国书法艺术和文采风流的双峰。可以想象，当时的召集人和参与者心态都是极度放松的，除了风雅，没有更多的心理包袱。

相比较，北宋文人的“西园雅集”，明显要压抑和拘谨多了。西园者，驸马都尉王诜的私家宅院也。雅集的召集人当为王诜。这就成了一件政治上高度敏感的事。按照宋代礼制，公主及驸马接见宾客须特许方可，所谓“家有宾客之禁，无由与士人相亲闻”。[①]在“乌台诗案”中，王诜被“勒停两官”、贬放外地，遭严厉惩罚，就是因为他与苏东坡有私交，又在此案中为东坡印制诗集、泄露拘捕信息，违反了皇亲国戚不得与“士人相亲闻”的内禁。皇上设此禁的理由是防止内戚与外臣相勾结，擅权干政。因此“西园雅集”由于政治上的高度敏感，参与者很难进入“兰亭修禊”文士们那般阳光、洒脱的精神状态。活动只能在私密中悄悄举行。人数众多，车马辚辚，谁能确保不会走漏风声，被监官弹劾，或被政治对手密告？读米芾那篇真伪莫辨的《西园雅集图记》，愚夫则感到有些蹊跷，按文中所说：“李伯时（李公麟）效唐小李将军为着色泉

---

① 张荣国《王诜〈烟江叠嶂图〉研究》第42页，上海人民出版社2016年8月版。

石云物草木花竹”，苏东坡“捉笔而书”，在一旁坐观者为王晋卿，苏子由则“执卷而观书”，秦少游独坐盘根古桧下作沉思倾听态，米元章“昂首而题石”……从这么一幅图卷，我们不难看出，参与“雅集”者几乎都在各自“忙乎”，互不交接。友人难得一聚，那位苏子由居然还能“执卷而观书”，实在让人觉得不可理喻。子由先生不至于到了这把年纪（注：按照有些书籍记载，雅集在元祐二年举行，子由49岁），参加朋友聚会也还得勤读不辍？

五

由此，请允许我的思绪跳跃一下：宋代的文人们，包括范仲淹、王安石、苏东坡、司马光在内，虽然创造了忧乐天下的士大夫精神标高，但其整体的生命状态并不洒脱、快乐，他们即便想效陶渊明“采菊东篱下，悠然见南山”也不可得。这样一种感受和判断，并非来自对“西园雅集”图、记史料的最初研读，而是持续近两三年对各类宋史资料涉猎的感受。范仲淹活得痛快吗？四次被贬、罢，主推庆历新政不到一年即夭折。王安石活得痛快吗？两次罢相，临终前手抚榻儿，郁郁长叹，终夜不眠。苏东坡活得痛快吗？不计其数地被贬斥、流放，遭遇“乌台诗案”，险些断送“老头皮”。司马光活得痛快吗？他老人家生平志向并非要编撰一部《资治通鉴》，而是立根朝堂之上，实现他的政治抱负。郁闷多年，在实现元祐更化、尽废新法后，“刚大之气，一泻无余”。王安石归天后，他也紧随其后到“阎罗王”门下报到去了……

至于为何不痛快的导因？且容许我在后续文字中慢慢道来。

因为持续的阅读，也使得我打消了原初的写作构想和思考关注点。

宋王朝的天空确实星光璀璨。“西园雅集”中的数位，仅仅是其中的几颗。如同陈寅恪先生所说：“华夏民族之文化，历数千载之演进，造极于赵宋之世。”但愚夫并不打算因此像某些写作者那样大唱盛世颂歌。

盛世风华，文星昌耀——这样一种单向一元模式的思维方式，浸透在无数涉及大宋王朝的书写中。写作者们恰恰忽略了，星光的亮度，常常与天幕的黑暗是成正比的。就如我们赞美荷花——可以用尽词库中最美的文字，来称颂它的娇艳、君子之风——上结莲子下育莲藕，将整个身心都奉献给了这个世界。但是……但是，透过洁净的水面，它的根部却是一片污浊不堪的泥淖。它出淤泥而不染，但我们岂可连“淤泥”也一起称颂？

我还联想到一个未必妥帖的比喻：宋代统驭者与文人的关系，如同一只喜欢精神游戏的猫和一只心甘侍猫的鼠。猫将鼠扑在爪中，并不想一次性地满足口腹之欲，它想获得更多的精神快感——于是放一放，再逮回来，再放一放，直至其疲惫至极不再奔跑……更何况，那些体力充沛的鼠，还可用来搬运猫食，为猫创造更多的附加值。任何比喻都是跛脚的。老鼠很容易让人想到“鼠辈”，怎可用来比喻宋代的文人？其实，在动物界，“猫”与“鼠”的生存方式各异，不应在“物格”上有尊卑之分。

卑鄙的“猫”和伟大的“鼠”，您更喜欢谁？

中国人的十二生肖中，鼠为首。在文学艺术作品中，鼠的形象常常是很可爱的，如米老鼠。庚子鼠年伊始，十四亿中国人居然被这个小东西“折腾”得户户隔离、停工停学、如临大敌，可见鼠的能量。有人甚至溯源发现，每逢老鼠登场，世界总是要地动山摇。

越是看起来卑微的生物，越是轻慢不得。

世间事物总是充满悖论。我们应该正视和承认这种悖论，才有可能稍稍接近历史的真相。

尽管关于“西园雅集”图、记的真实性疑点很多，争议不断，但后代文人们还是宁信其有，而不愿轻易否定其无。因而后续各个历史时期的文人、艺术家们，都兴致百倍地摹写其图、诵读其文，各种摹本层出不穷。我想，这其中有精神心理的因素在起作用：文人们长期生活在高压之下，逍遥自在、倜傥不羁式风雅，其实是一种奢侈品。难得据说有这么一次巨公名贤的高端雅集，它传递的精神密码给后世文人们带来一种神往和心理抚慰。至于真伪，反倒不重要了。

谁在发出人才匮乏的嘶喊

一

提出这问题，也许很多人感到诧异。在人们的普遍印象中，有宋一代应该人才济济啊！诗词、文章、艺术人才，堪称中国文学艺术史上巨公伟人的可以排成一长串。在近年来书写宋王朝的各类文本中，都极尽赞美之词，是用不着愚夫在这里一一列举的。相信很多读者比我还熟悉。

提出这问题的其实不是笔者，恰恰是宋王朝大名鼎鼎的有识之士——范仲淹、王安石——庆历新政与王安石变法的主导者。他们都忧心忡忡地深感人才的匮乏。听听他们是怎么说的。范仲淹在著名的新政纲领《答手诏条陈十事》中陈述的十条改革举措中，前四条皆涉及吏治。其中第三条“精贡举”中疾呼：“士皆舍大方而趋小道，虽济济盈庭，求有才有识者，十无一二。况天下危困，乏人如此，将何以救?”[①]在范仲淹黯然落幕八年后，王安石自江东提点刑狱任满应召，上呈了他的那篇著名的《上仁宗皇帝言事书》。该奏疏认为“国家的现状非变革不可”，而变法的先决问题是人才

---

① 周宗奇《忧乐天下：范仲淹传》第288页，作家出版社2015年8月版。

问题。无论朝野，皆匮乏人才。“今以一路数千里之间，能推行朝廷之法令，知其所缓急，而一切能使民以修职事者甚少，而不才苟简贪鄙之人，至不可胜数。……朝廷每一令下，其意虽善，在位者犹不能推行，使膏泽加于民，而吏辄缘之为奸以扰百姓。”“夫在位之才不足矣，而闾巷野草之间，亦少可用之才……”①

他们的人才“嘶喊”让我感到心惊，联想到数年前写龚自珍传记时，这位清代的第一诗文大家、思想家的“嘶喊”亦犹在耳：“我劝天公重抖擞，不拘一格降人才。”似乎有一个规律性的现象，当一个朝代出现危机时，其征候首先在人才危机；而当一个朝代出现人才危机时，则预示着面临更为凶险的危机。

为何在当下一些写手笔下，大宋王朝堪称“群星璀璨”“人才济济”，而偏偏在当朝的有识之士眼中，却遍地皆是“舍大方而趋小道”之士，“不才苟简贪鄙之人”充塞府衙？是因为他们“只缘身在此山中，不识庐山真面目”？非也！愚夫看到的是当下目光如炬、烛照千年的人士几无，因而堆积如山的歌“宋”文字，抵不上一部王夫之先生的《宋论》。先生笔墨如雷电穿云、激浪排空，虽时有偏激、偏见，但绝无当下“仰望星空”式的浅薄幼稚。更甭说，当下之人与有切肤之痛、满腹经纶的范仲淹、王安石这样的巨公伟人去论高下了。

你虽身处“山外”，但你的眼球是浑浊的，视网膜上爬满了黄斑。

---

① 梁启超《王安石传》第64页、82页，商务印书馆2018年1月版。

二

如果仔细地思索一下范仲淹、王安石的人才论，就会发现，他们论人的标准与当下某些人眼中的人才，完全错位了。他们感到匮乏的是能以仁政施于民、为百姓谋福祉的吏治人才，而不是诗词歌赋、绘画书法高手。在他们看来，后者是“小道”而非“大道”。因而范仲淹在《答手诏十条》中，半数文字谈吏治，以及如何培养吏治人才。用今人的话说是培养“优秀干部”。人才缺乏的根源在于对各类主政官员“教之、养之、取之、任之”皆不得其道。他提出的方略，除了“明黜陟”，让能者上，庸者下；“抑侥幸”，限制恩荫特权，抑制“官二代”“官三代”……坐享爵位俸禄；最重要的一条是“精贡举”，改革科举制度，将考试内容由原来专注诗赋，改为重策论；把死记硬背儒家经句，改为“教以经济之业，取以经济之才”，“使人不专词藻，必明理道”。“士之所学，文武之道也”。[①]

与范仲淹的思路一脉相承，嘉祐四年（1059），王安石在《言事书》中强调“改易更革天下之事”，“方今之急，在于人才而已。诚使天下之才众多，然后在位之才，可以择其人而取足焉；在位者得其才矣，然后稍视时势之可否，而因人情之患苦，变更天下之弊法……”。而人才生长的来源，则在于“教之养之取之任之有其道”。[②]

---

① 周宗奇《忧乐天下：范仲淹传》第288页，作家出版社2015年8月版。
② 梁启超《王安石传》第64～66页，商务印书馆2018年1月版。

这确实是一个让人百思难解的现象：中国几千年历史，士人无不想通过科考独木桥，化身为仕。官道，几乎是他们心中唯一实现人生抱负，或用来光宗耀祖、荣归故里的奋斗目标。“范进”因“中举”而疯掉，是经典的案例。待到从这座独木桥上跌落下来，才会寻求其他的生活方式。如此人人向往的地方，理应汇集全社会最优秀的人才，为何却屡屡听闻有识之士嘶喊人才匮乏呢？

相比较而言，大宋帝国政坛上的能臣算比较多的。这个“多”也只是凭感觉相对而言，不具有统计学层面上比较的科学性。但可以肯定地说，像范仲淹、王安石这样的人格、学识、执行力皆一流的能臣，在中国的漫长历史上也是屈指可数的，能与他们一起坐在第一排交椅的不多。

且不论范仲淹《岳阳楼记》中“忧乐天下”的情怀，也不论推行“庆历新政”的远见卓识和戍守边塞时表现出的军事才干，且看他修身律己的一些点滴小事：20岁时他在南京（宋时为商丘）府立学舍读书，真宗巡幸南京学舍，生徒皆往观看，他心无旁骛，独不出。范的生活极其困苦，有时连饘粥也喝不饱，夜间被盖不够，则和衣而睡。南京留守的儿子回家，将范仲淹生活窘迫情形告知父亲。留守命人送了一些菜肴给他，但他却不动筷子。留守儿子问故，他说：“并非不感谢厚意，可是食粥已久，安之若素，一旦享受了这佳肴，以后吃粥还吃得下去吗？”[①]对自身的人格修炼苛刻到了此种程度，非“圣人”真的是难以企及啊！

关于王安石的逸事也很多。任知制诰期间，某天王安石回到家

① 张荫麟《两宋史纲》第162页，北京出版社2016年7月版。

中，见一年轻貌美女子，就问：“你是哪来的女子？”女子答：“是夫人叫我来伺候舍人的。”原来这女子丈夫是一军校，因执行运米公务有损失，家产入官，尚不够赔偿数额，便将她卖掉，得钱九十万。王安石夫人花钱买来给丈夫做妾。王安石知悉情委，立即命人将她丈夫找来，让他把妻子领回家。所费钱当然也不会让军校返还。王安石无论在任相或退居金陵期间，皆不坐轿子不蓄妾。其中有一句不经意说出的话，让人无法不生敬意。在金陵时，外出最主要的方式是骑驴。有人劝其乘“肩舆”（简易的轿子），公一口回绝，理由是岂能将人当畜生使呢！后世很多史家攻击王安石变法是搜刮百姓财富、为皇家敛财，实在是既未读懂变法的内容，也未读懂王安石。

三

为何连范仲淹、王安石这样的栋梁之材，在宋代也依然如笼中困兽，无法尽情施展才华，为苍生谋福祉呢？从庆历新政到王安石变法，范仲淹、王安石都是失败的改革家。可以说，他们的变革冲动，从一开始就注定了必然失败的命运。只是这种失败，不清楚要经历多长时段的“折腾”走向终结。说范仲淹、王安石如堂吉诃德般明知不可为而为之未必妥当。他们心中是壮志满怀，要拯救这个几乎病入膏肓的王朝的，只是他们实际上充当了企图有所为而实际不可为的堂吉诃德。他们成了失败的斗士，而大宋王朝则失去了续命的机会。庆历新政颁布不到一年便夭折了。王安石变法虽持续了

《听泉图》 苏金成

十五年且已取得相当成效，但也未能逃脱被尽废的命运。

这就涉及一个更为硬核的问题：即便通过变革科考内容和取仕标准，遴选出更多适合主政的优秀人才，是否就能挽救宋王朝衰亡的命运？答案是：否！

如果我们捋一下从庆历新政到王安石变法的链条，就会发现，新政也好，变法也好，最终成败皆取决于君王。成也君王，败也君王，因为那个龙椅上被尊称为“圣上”的人，才是最终的裁决者。

庆历新政从表层看，夭折的触发点来自一个名为夏竦的官员不择手段的政治反扑和攻击。这段故事细节之精彩，完全可以写成长篇小说。庆历三年（1043），宋仁宗召陕西经略副使范仲淹、韩琦回朝任枢密副使，试图推动清除积弊的变革。夏竦虽在西北边塞表现欠佳，但他是范、韩的顶头上司，也被皇上召回拟任枢密使。但夏竦的任命计划受阻。御史台监官欧阳修、余靖，御史中丞王拱辰接连上疏弹劾，认为他在西北边境处理战事毫无建树，平庸怯懦，“世以为奸邪”，不可重用。[①]面对反对的声浪，仁宗改变任命，下诏以杜衍取代夏竦。夏竦的好事如煮熟的鸭子飞了，衔恨在心是必然的。夏竦升官梦泡汤了，范仲淹、韩琦却不敢履新。两人联名连上五道“陈让表”，恭请圣上取消任命，让他们继续在西北统兵守边。其中一大隐情应该是顾忌夏竦因嫉恨会采取难以料测的动作。没料想，让范仲淹更为担心的事情又发生了。一位名石介的官员，干了一件好心帮倒忙的蠢事。此人虽耿直敢言，但不谙官场险恶，有莽汉之勇，无深思熟虑之智慧。令其冲锋陷阵是英雄，用于运筹

① 周宗奇《忧乐天下：范仲淹传》第284页，作家出版社2015年8月版。

帷幄则少谋。他听说仁宗重用范仲淹、韩琦要推动新政，热血燃烧，大笔一挥，写了一首长诗《庆历圣德诗》，大赞改革派，大贬保守党。此诗因激情澎湃、文采斐然，传遍朝野，连远在西南的少年苏轼也看到了这首诗。这首诗引发的“裂变效应”，成为庆历新政夭折的直接导因。石介也为此付出惨重的代价。

这位石介先生在诗中用美词称颂皇上圣明和范仲淹、韩琦、富弼的贤能，固然无大碍，但在贬抑他人时则用语刻薄，乃至刻毒。且看其中某些关键词：

· 诗的开端称颂皇上“躬揽英贤，手锄奸枿”；

· 骂政坛对手“昆虫蹢躅，怪妖藏灭”；

· 称颂：“皇帝明圣，忠邪辨别。举擢俊良，扫除妖魃。众贤之进，如茅斯拔。大奸之去，如距斯脱”；

……

“奸枿”“昆虫”“怪妖”“妖魃”“大奸”，将这类刻毒的符咒贴到还在官位上的夏竦一伙头上，不知道夏竦在暗地里如何将牙根咬出血来呢！好吧，你个混账石介，夏某倒要让你尝尝“大奸”的手段！

范仲淹看到石介诗后，几乎是胆战心惊，不无忧虑地对韩琦说：“大事要坏在这些怪鬼之辈手中！”可见，范仲淹是很耻于与这类成事不足、败事有余的蠢人同党的。[①]

---

① 周宗奇《忧乐天下：范仲淹传》第282页，作家出版社2015年8月版。

到了庆历四年（1044）初夏的某天，仁宗收到台监官员密奏，声称国子监直讲石介与枢密副使富弼相勾结，试图废黜宋仁宗，另立新君。这还了得，要掀龙椅啊！其证据是石介写给富弼的一封亲笔信。石介的书法在当朝很有名，仁宗对他的石体风格当然也很熟悉，从笔迹看是石介写的当无疑。这封信触到了皇帝最敏感要害的穴位。无论谁在皇位，都会不择手段地抓牢屁股下的龙椅。椅子没了，任何改革对他来说有何意义？我们可以猜想仁宗看到这封密报的心情，说“心惊肉跳”“彻夜难眠”当不为过。他不会想到石介的信是伪造的，而伪造这封信的幕后人即是曾被石介正气凛然地鞭挞为“大奸”“妖魃”的夏竦。

从庆历三年（1043）石介写那首遍传朝野的《庆历圣德诗》，至庆历四年初夏夏竦通过御史台密呈石介信件，历时近一年。在这个时段里，夏竦训练家中一聪颖机灵之婢女临习石介书法，时间不久，该女书法竟与石介笔墨犹如今日之“复制”“粘贴”几可乱真。恰好夏竦不知从何处获得石介致富弼的一封信，信中有“行伊、周之事”字眼，夏竦令婢女摹抄时改为“行伊、霍之事”，原意本是鼓励同好像伊尹、周公那样辅佐明君创造伟业，这一改，就成了像霍光那样先立刘贺为帝，后废之改立刘询为汉宣帝，将帝王的龙椅玩于股掌之间，含义完全颠倒。非谙熟经史之高人，绝对弄不出此类“高级黑”勾当。①

仁宗由此联想到范仲淹、韩琦、富弼、欧阳修行新政以来，不讳言“朋党”之论，而在一些重要职位上，新政主导者们又大都任

① 周宗奇《忧乐天下：范仲淹传》第305页，作家出版社2015年8月版。

用的是他们“同党”，这股势力一旦拧成一股绳，想抽换他屁股下的龙椅，岂不易如泼水？人心隔肚皮啊！

接下来的后果，就是众所周知的历史记载，范仲淹获知此事，与早先的预感“凶多吉少”相吻合，知诸事皆已不可为，与富弼同时请求外放，仁宗立马放行。庆历四年（1044）八月，范仲淹以参知政事出京宣抚河东，富弼以枢密副使宣抚河北。庆历新政草草收场。石介则被从国子监贬放至濮州，未到任便郁愤成疾暴死家中。这大概算是从轻处罚了，如以谋逆罪论岂能容他自处？他当然不会想到，即便死后夏竦的毒汁还将继续喷溅，用更为疯狂的手段印证石介赐予他的“大奸”称号。

四

再来看看，王安石这般栋梁之材，为何也照样步步惊心？

庆历新政垮塌了，但仁宗的龙椅仍然坐得稳稳当当。只要这龙椅不摇晃，他乐得当当太平天子。听听小曲，钓钓鱼，在后宫与贵妃美姬耳鬓厮磨，比折腾那个鸡飞狗跳的变革要悠哉多了。反正暂无外敌之忧，至于百姓饿死荒野，只要不揭竿而起就成。仁宗活了53岁，驾崩后还获得“仁义之君”的美誉。

其实，王安石的那份浸满忧患意识的阐述变革理念的“万言书”，早在仁宗朝即上呈了，但如一粒微尘飘入大海，见不到一丝丝波纹。有为之臣遇上了“苟且”之君，其奈若何？到了神宗朝，实在是“苟且”不下去了。继续“苟且”，神宗屁股下的那把龙椅，显然就要开始晃荡了。神宗的“危机感”是逼出来的，也是王安石等众多大臣“警示”出来的。从真宗至英宗治平二年(1065)，朝廷食禄官员竟陡增一万五千多，士兵从宋初的三十七万人，增至一百一十六万多人。庞大的官僚集团，再加上数额巨大空耗军费的冗兵，拖垮了帝国的财政，以致“百年之积，惟有空簿”。提高税赋、盘剥百姓的结果是各地农民起义不断。[①]

对于“危机”，王安石与司马光、苏东坡等老臣是有共识的。但为何一进入操作层面，双方便产生严重分裂？原本的友好关系，变成了如同水火难容的新党和旧党？笔者无意于详述王安石变法的始末，而是要反思变法最终夭折的深层次原因。不能说，王安石团队推行的一系列变法举措都无懈可击，但整体上都是针对帝国病症开出的有效药方，正如历史学家黄仁宇所说，王安石离同代人很远(思维超前)，离现代人很近。诸如青苗法，几乎是现代银行的运营模式了。

但是奇怪的是，王安石每推出一条变法举措，都遭遇强大的阻力，导致他两次罢相。看罢王安石变法中遭遇的种种曲折，我的第一感觉，不是因反对党与他打擂台而困扰。君子与君子打擂台，是一种高层次的辩论赛。以王安石的洞察力、坚定的理念、舌战群儒的辩才，司马光、苏东坡也处下风。让我感到焦心的也不是变法派主将之一吕惠卿，如何因私心作怪反目为仇、背后插刀……我觉得，最让王安石饱受煎熬的是宋神宗在变法进程中的摇摆、犹疑、判断力低下。

---

① 邓之诚《宋辽金夏元史》第104页，北京理工大学出版社2018年4月版。

王安石每前进一步，都要费尽心力与神宗周旋。不仅要小心维护最初建立起来的君臣互信关系，更要不断地给他开大补药方，激活他的精气神。且来听听，神宗与王安石的一些颇耐人寻味的对话：

熙宁元年（1068）四月，神宗调王安石任翰林学士，王安石初入对，神宗问："方今治国之道，当以何为先？"

王安石答："择术为先。"

——既然坐到了龙椅上，却不知道"龙"该干些什么？

神宗又问："唐太宗为何如主？"

王安石对曰："陛下每事当以尧舜为法。唐太宗所知不远，所为不尽合法度；但乘隋极乱之后，子孙又皆昏恶，所以独见称于后世。道有升降，处今之世，恐须每事以尧舜为法。"

——这里王安石主张初登基的神宗，要效尧舜、图远谋、立大道，而不必以唐太宗为标杆。思维起点的高低，在这里立见分晓。

时隔不久，神宗在朝堂又问："祖宗守天下，能百年无大变，粗致太平，以何道也？"

王安石觉得这问题非三言两语说清楚，答应回家后以书面文字上呈。然后就有了那篇王安石的著名奏章《上本朝百年无事札子》，详论太祖施政延续下来的弊端，"伏惟陛下，躬上圣之质，承无穷之绪，知天助之不可常恃，知人事之不可怠终，则大有为之时正在今日"[①]。

神宗反复阅览了这道札子，兴奋异常，急于要启动他的效法尧

① 邓广铭《北宋政治改革家王安石》第300页，北京出版社2016年2月版。

舜的变革宏图。但对世事充满洞察力的王安石却不急于动手，他深知此类伤筋动骨的变革，前面险阻如五岳高耸，又如万丈深渊……他建议神宗先听他讲学，如果认同他的理念，再来付诸实施。

这还仅仅是变法尚未进入实质阶段的君臣磨合。其后的履冰之路，笔者就用“……”略过了！

由此愚夫想到的一个问题是，一位弱智的君王与一位睿智的大臣，这样一种不合理的倒置关系，会绽放出什么样的“奇葩”？平心而论，宋神宗在有宋一代中算是有雄图、有作为的君王了。虽然君臣之间的合作充满了痛苦的别扭，但变法的方向在他任上还是持续了十五年，并取得明显绩效。怎奈他38岁早夭，继位的宋哲宗年仅9岁，由高太皇太后垂帘听政，政风迅即大变。正如史学家张荫麟所说：“一个被宫墙圈禁了五十年的老妇人（她是自幼养在宫中的）和一个被成见圈禁了二十年的老绅士，同心合力，挥着政治的锄头，期年之间，便把神宗和安石辛苦营构的成绩芟除得根株尽绝。”①

五

行文至此，我想：从范仲淹到王安石可能都忽略了，或思维的神经压根就不可能联结到一个敏感的“痛点”上去——所谓的人才问题，不仅仅是朝野各路府衙官员的平庸问题，最核心的是

① 张荫麟《两宋史纲》第184页，北京出版社2016年7月版。

朝堂之上，那位坐在龙椅上掌控一切的人，是不是一位有足够能力管理所辖土地的人才？这个常被奉为“圣人”的“朕”，主宰着、制约着范仲淹、王安石这样才智超群的人才。当然纵观历史长河，更多的情况是如宋徽宗般被蔡京、童贯等贼人裹挟，而成为“贼主”。

当那些真正有栋梁之材的人，只能无奈地处江湖之远时，除了“忧”之外，还能干些什么呢？

当一头狼率领一群羊时，羊就成了狼；当一只羊率领一群狼时，狼也成了羊。还有一个军界常常说到的俗语：“兵熊熊一个，将熊熊一窝。”

范仲淹、王安石的宿命，就在于思考人才问题时，通常不会触及左右变革命运的那个核心人才问题，这是历史的局限，也是中国几千年封建社会神经不停地痉挛、抽搐，而政体模式却原地踏步的历史悲剧。于是老百姓的命运便如鲁迅所说，在做稳了奴隶和做不稳奴隶间轮转。

记不清哪位历史学家曾提出一个很有见地的设想，如果当年岳飞不理睬那个一日十二道诏令回师的金牌，而是趁势横扫入侵之敌，然后再杀一个回马枪把赵家王朝端了，那么南宋小朝廷的“苟且”历史就会重写，也许历史会给我们呈现一番“大岳气象”。岳飞也不会成为一个被“莫须有”罪名构陷的悲剧英雄。这么做似乎太有违儒家的忠君之道了。以岳飞所受的正统教育，断然不会这么做。因此宁上断头台，绝不负君王。

其实，再深入思索一下，如果岳飞像历史学家所设想的那样，扫除外敌后，再将龙椅上的那个人取而代之，这样一种看似有违儒家伦理的做法，与大宋王朝的开国之君宋太祖的做法又有什么区别？当年（五代后周显德六年），赵匡胤以一殿前都点检，趁后周柴荣病死、幼子柴宗训刚即位时，于陈桥驿故作扭捏地被“黄袍加身”、实质是发动兵变取而代之，其合法性又在哪里呢？这江山你赵家坐得，为何我岳家坐不得？解决合法性的问题，中国文人有足够的智力。无非是编一个类似岳母怀孕、飞龙附体的故事，糊弄糊弄小民就是了。

中国人用科举制度，取代贵族世袭制，为寒门子弟进入权力机构开辟了通道。但是，那个拥有最大权力的核心岗位，谁来考核其人的资质？只能依靠家族精子的质量，来承续皇位的君主世袭制，使得中国人长期饱受朝代更迭带来的历史痉挛和阵痛。

早在18世纪中叶，哲学家托马斯·潘恩就在《常识》中严厉抨击君主世袭制度。他说：“为什么说世袭政府无力实现政府必须实现的那些目标呢？”因为“世袭继承制最容易受一切偶然事件的影响，因此就成为一切政府体制中最无常、最不完善的政府”。“当我们看到自然所做的一切似乎是在否定和戏弄世袭制度，看到在任何国家里继承者的心智都低于一般人的理解力，看到一个是暴君，另一个是白痴，第三个是无赖，下一个是三者之和，当我们看到这些时，只要理性还有力量起作用的话，我们就不可能对它抱有什么信心。”①

当公元1776年，托马斯·潘恩写下他的批判君主世袭制的代表作《常识》时，距离中国最后一个君主世袭皇帝爱新觉罗·溥仪

---

① ［美］托马斯·潘恩《常识》第107～108页，译林出版社2015年2月版。

走下龙椅，尚有136年。

我们不难理解，当近代伟大思想家、大清王朝第一诗文大家龚自珍，于1839年又一次发出呼唤人才的泣血“嘶喊”时，为何唤不醒躺在龙椅上昏睡的那个人。

人生难得一“诤友”

常言：“人生难得一知己”。“知己”固然难得，而“诤友”更难得。“知己”是“诤友”的前提或基础。因为相知之深，才有可能将“诤言”说到痛点上，就如中医的那根针，扎到对症的穴位上。“诤友”难得，还有一层难度，那就是对方一定在某些方面长于你，高过你，否则他虽有坦诚相“诤”之心，但未必能有助于你。

“诤友”是在你火气正盛时，给你泼冷水的人；是在你走路时，提醒前面有坑的人；是在你倒霉喝水塞牙、精神忧郁，给你提气的人……

人生如有一二“诤友”，当是人生幸事。老子云：“知人者智，自知者明。”但在现实生活中，成为“智者”“明者”难度系数都很高。于是我们多见这类现象：把某人当人才引荐，后来才发现“人才”原本是“庸才”乃至“歪才”；有的人自我感觉很好，在别人眼中其实是“蠢物”一个。情感、酒肉之交等因素，通常会左右对他人的观察力；而贪慕虚荣、纠缠功利，则会迷失对自己的认知力。人性的一大弱点是，总喜欢往身上裹一件时尚光鲜的外套，给他人营造虚幻绚丽的假象。

在品读有关苏东坡的作品和史料时，常常心生这样的感慨。

不要期待你的身边也会有苏东坡这样的率性而又智慧超群的“诤友”。这样的天才人物几百年、上千年才能有一个，又恰好被你碰上，这种概率可能在小数点后几十位。但我们只要待人以诚，只要以谦卑的心态尊奉身边的高人贤达，结交一二“诤友”的可能还是有的。因此“诤友”难得，还难在我们是否有敞开的胸怀，接纳友人的“诤言”，倘若一听“诤言”就浑身不适，甚或疏远其人，那就真的是一辈子难得一“诤友”了。

在苏东坡的诸多友人中（兄弟除外），王诜算是与他交往最密切的友人之一，除了聚会饮宴、诗词唱和，还有许多更私密的交往。王诜，字晋卿，北宋最重要的画家、收藏家之一。他的代表作《烟江叠嶂图》，绢本水墨，现藏上海博物馆，是国宝级的珍品。苏东坡称赞其画：“风流文采磨不尽，水墨自与诗争妍……郑虔三绝君有二，笔势挽回三百年。”他还有一个特殊身份：驸马都尉，皇帝的女婿。妻子是宋英宗的女儿。正因为身份特殊，他的日子肯定要比苏东坡好过得多。因此苏东坡生活中常常得到他的接济。他家婢女酿的桂花酒特别香醇，令流放外地的东坡还时时挂念。让自家的婢女模仿酿制，却怎么也酿不出晋卿家的味道。东坡嫁外甥女，还曾向他借钱二百贯。乌台诗案的有关史料载有此事，并称“未还”。我想并不是东坡不想还，而是腰包空瘪，拿不出钱来。

王诜爱好收藏，也因他的特殊身份，有条件结交当时顶级的艺术大家和收藏家，获得艺术珍品的渠道自然也就多。他将收藏品集中存放在一栋小楼里，命其名曰“宝绘堂”，请东坡为之作《宝绘

《三峡写生》 苏金成

堂记》。通常这类文字，应友人之邀而作，即便不极尽溢美之词，也应多加褒奖，赞其趣味如何高雅，鉴赏其藏品如何珍贵稀有。但东坡却将之写成一篇劝诫式的艺术论：

此文开篇即直奔主题："君子可以寓意于物，而不可以留意于物。寓意于物，虽微物足以为乐，虽尤物不足以为病。留意于物，虽微物足以为病，虽尤物不足以为乐。"君子可以欣赏美好的事物，但不宜沉溺其中而不能自拔。抱着欣赏的态度对待事物，虽是很小的东西，也可以给自己带来快乐，即使是非常珍贵的东西，也不会使自己沉溺而丧失对人生更重要目标的追求。相反，如果沉溺其中，微小的东西，也会给自己带来害处，再美好珍贵的东西，也不会给自己带来真正的快乐。

然后引用历史上一些因沉溺宝物，导致害人害己害国的案例："凡物之可喜，足以悦人而不足以移人者，莫若书与画。然至其留意而不释，则其祸有不可胜言者。钟繇至以此呕血发冢，宋孝武、王僧虔至以此相忌，桓玄之走舸，王涯之复壁，皆以儿戏害其国，凶其身。此留意之祸也。"钟繇为此而呕血盗墓，被世人所唾弃；宋孝武帝与王僧虔因此而相互猜忌；桓玄逃跑时还不忘把书画装上船；王涯快死了，还想着把书画藏到夹壁里去……沉溺其中，真的是害人不浅啊！东坡这么说，绝不是危言耸听。他大概想不到，若干年后，北宋的江山恰恰就衰败在两个对书画"留意而不释"的人手上。一个是皇帝大人宋徽宗，一个是宰相、被谏臣列为"六贼"之首的蔡京。

东坡又以自身经历为例："始吾少时，尝好此二者。家之所有，惟恐其失之；人之所有，惟恐其不吾予也。既而自笑曰：吾薄富贵而厚于书，轻死生而重于画，岂不颠倒错缪失其本心也哉？自是不复好。……”年轻时也非常喜爱书画，一度沉溺其中，家中已有的，唯恐失去；看到别人的好东西，也想据为己有。后来发现，这样的心态：放弃大的人生追求而重书法，轻视性命而看重图画，岂不是本末倒置？后来就变得洒脱了。

东坡在文末告诫：“恐其不幸而类吾少时之所好，故以是告之，庶几全其乐而远其病也。”东坡先生显然已经看出了王诜在书画收藏方面，已明显地存在过于热衷沉溺的问题，因此提醒他不要犯自己年轻时曾犯的过错。

王诜收到此文是什么心态呢？

苏东坡的另一位朋友王巩，转达了王诜的意见：“贤兄与他作《宝绘堂记》，内有‘桓玄之走舸，王涯之复壁，此留意之祸也’，嫌意思不好，要改此数句。”东坡断然回绝：“不使则已。”意思是：想用就用，不想用则弃之。至于修改就不必了。[①]

东坡并不因王诜的地位特殊、二人友情的深厚，就轻易改变自己的“诤言”而刻意逢迎。而王诜也未再提改文之事。两人之间的情谊并未因此而受到任何影响。难能可贵的是，两年后“乌台诗案”发生，在御史台官员即将派人抓捕苏东坡时，王诜获悉消息，立马派人提前密告苏辙，让其转达其兄。王诜因犯泄密罪而被勒停两官，移放外地。

苏东坡待友之真诚、率性，不仅仅表现在与王诜关系的处理上。有一则逸事，可看出他在处理与大艺术家李龙眠关系时也如

---

① 张荣国《王诜〈烟江叠嶂图〉研究》第50～51页，上海人民出版社2016年8月版。

此。元祐年间某日，黄庭坚、秦少游、李龙眠等在某馆舍雅聚，黄庭坚出示李龙眠绘画新作《贤己图》供众人观赏。此图画面为，数位贤达友人在一起玩一种类似于博彩的游戏，众人皆列于盆边，人物形态曲尽其妙。一人“俯盆疾呼，旁观皆变色起立”，观者皆赞叹龙眠用笔构图之精到。此时东坡从外面进来，观图后问：“李龙眠天下士，顾乃效闽人语耶?”众咸怪，请其故。东坡曰：“四海语音，言‘六’皆合口，惟闽音则张口，今盆中皆六，一犹未定，法当呼‘六’，而疾呼者乃张口，何也?”真该叹服，东坡先生的那双眼睛真够“毒”的，一眼就看出破绽：画中那位惊呼者的口型与语音不一致，虽“惊呼”却不必“张口”。李龙眠笑了笑，表示接受东坡的质疑。①

李龙眠，本名李公麟，号龙眠山人，是中国艺术史上大师级的画家，他的白描人物尤为独步，他能够笑纳东坡的批评，证明其人有气度。

因此说人生难得一“诤友”，难在不仅仅友人须丢掉情面、敞开胸襟、真诚待友、敢于直言，还难在被批评者须有笑纳“诤言”的雅量。人都知道“良药苦口利于病，忠言逆耳利于行”，但落到现实生活中，有几人真正喜欢逆耳之言呢？当然，“诤友”有不同层次，“诤言”也未必全对，那就要看你朋友圈是些什么人了。“良药”是否对症，也须你自己去感受、判断。

还有一句题外话，上述观点只对男士而言，女人通常是听不得“诤言”的。尤其当你面对的是有点名气的女人。如果你当众直言

---

① 周芜《李公麟》第7页，上海人民出版社1959年6月版。

某女的双眼皮是割出来的，她非要扇你一耳光不可。虽然张爱玲说："一袭华美的袍，爬满了虱子。"但你只可赞其袍如何"华美"，千万别说上面有"虱子"。"泡妞"高手深谙此道，他宁可用满缸的糖水把女人泡出"高血糖"来，也不会轻易地奉上刺耳的"诤言"。手机"美颜"自拍功能和软件，就是针对女性的致命弱点设计出来的，专为女人创造一种虚假的美。经常看到女人不停地用手机美颜自拍，倒是很少见男人干这勾当。过去男女相亲，未曾见面，先看照片。如今这种诚信，被美颜修图拍照软件彻底颠覆了。本相貌平平之女，经过美颜整容，弄得个个像央视女主播、影视明星，但男士见了照片无法动心，知道这个不靠谱。

数年前弄那个《文学报》"新批评"，愚夫才深有体会：看到批评自己的文章，气急败坏、作涕泪俱下状的大致皆为女人。至于跳出来为女人帮腔的男人，我倒是要表示特别的敬意，"冲冠一怒为红颜"的男人，还是有可爱之处的。而听不得"诤言"的男人，则要老辣得多，也可怕得多。他不动声色，把仇恨的种子埋在土里，一旦时机成熟便绽放出"恶之花"来。

龚自珍儿子是不是卖国贼

骨鲠在喉

自从拙著《剑魂箫韵：龚自珍传》于2016年年初面世后，我才知道，公众对龚自珍儿子的印象似乎比龚自珍更深。这个印象可不是好“印象”，这个印象得自于把龚自珍的长子与中国近代史上的一个重大事件：火烧圆明园捆绑在一起。

这个事件，犹如中国近代史上一块巨大的至今仍在流血的疮疤，谁沾上都得遗臭万年。龚自珍作为近代最早的启蒙思想家、清代第一诗文大家而名垂史册，他不会想到，他的儿子在死后若干年却长期被污名化为“卖国贼”，至今仍遭到口诛笔伐。这一父子形象的极致反差，在中国文学史上可能再无他例。

我经常被人问及：“龚自珍的儿子曾否为八国联军火烧圆明园当向导?”提这个问题的人似乎心中已经有了肯定的答案。在回答这个问题前，这里首先做一个常识纠正，洗劫和火烧圆明园的是“英法联军”，而非“八国联军”。英法联军入侵中国发生在1860年，而八国联军入侵中国发生在1900年，相距40年，等到八国联军到圆明园，虽再次洗劫，但已无珍宝可捞，也无楼阁可烧了。那些沉重的石柱、石雕，既搬不动，也烧不坏，成了英法联军“强盗”行径的抹不去的罪证。

如果被人当面问，我则回答：“目前未发现可靠史料可以证明此事。”如果有人通过微信询问，我则把书中相关的一段话拍下来发过去：“笔者遍查各种史料，未见有关此事的可靠记载。当时的清人著作、留京官员日记、当年侵略者的回忆录，无一字提起此事。如果确有其事，不可能没有文字记录。梁启超《饮冰室文集》卷四十四集（下）有一段关于龚孝拱的文字：‘孝拱为定庵子，圆明园之役，有间谍嫌疑，久为士林唾骂。或曰并无此事，孝拱尝学英语，以此蒙谤耳。’如果没有可靠的证据，任何严肃的学者和写作者，岂能把传闻当作信史，写入书中？”

其实，即使不引用可靠史料，用一个“常识”来作判断，也可看出这一所谓传闻是多么不靠谱！龚自珍的长子龚橙，又名家瀛等，再加字、号，有一堆。“孝拱”是其号。下文统一用“龚橙”。龚橙生于1817年，卒于1878年。[①]而英法联军洗劫和火烧圆明园事件，发生在1860年10月。也就是在英法联军火烧圆明园事件发生后，龚橙又存世18年。想想看，如果龚橙曾为英法联军当向导，在如此重大的事件中充当这样的重要角色，难道可以蒙过清廷的耳目？龚橙在无任何特殊防护的条件下，还能够苟活于世18年？清王朝再无能，砍掉一个如此十恶不赦的“罪犯”的脑袋，还不是举手之劳？因此不要用脑袋想，即使用屁股想，也会得出一个明确的结论。而关于所谓“向导”的传闻，也发生在龚橙死后多年。

似乎到此，笔者无须再就这一事件的真伪进行考辨了。我书中

① 见樊克政《龚自珍年谱考略》第568页，商务印书馆2004年5月版。

的一段话，虽然文字不多，也算有一个明确的结论。但发出疑问的人，仍然持续不断。因为这持续不断的“疑问”，让我也有些困惑起来。既然是不足为凭的传闻，为何会产生“蝴蝶效应”，让传闻几乎变成历史上的一段铁案？在写《龚自珍传》时，我对其子的人生经历未做太多关注，因此涉及龚橙的文字也就不足一千。因这段传闻，不仅彻底毁掉了龚自珍儿子的形象，也连带着让其父名被玷污，因此我觉得有必要再下一点案头功夫，将事件的真相做一个稍稍细致的爬梳。

“八卦”传闻

我的史料收集途径主要是两个：一是通过论文期刊网，搜索相关的研究论文；二是从图书网上购买可能有关联的书籍。从第一个途径，获得了十多篇论文资料，其中有几篇不算严格的论文，但谈到了龚橙与火烧圆明园的问题；从第二个途径获得的书籍有五部，其中最重要的是法国学者贝尔纳·布里赛写的《圆明园大劫难》，这部书2003年由巴黎峭岩出版社出版。2005年译成中文，由浙江古籍出版社出版。2015年10月（修订版）又由上海远东出版社再次出版。我获得的是上海远东出版社新出的修订版。真是孤陋寡闻，时隔十多年，通过图书网络搜索才知道这部书，虽然晚了些，但让我有如获至宝之感。因为这是一部迄今为止最为全面呈现英法联军洗劫和火烧圆明园事件的书籍，60万字，厚达600多页。这部书最为接近历史真相，因为作者是在查阅了70余种当事人的传记、回忆录、日记资料后撰写而成。最为难得的是，该著的作者法国学者，以一个现代知识分子的眼光和良知，不仅对那段历史有翔实客观的记录，而且有较为深刻的反思。

从收集到的资料中我发现，关于龚自珍儿子为英法联军火烧圆明园当“向导”，乃至被称之为“主谋”，这样的毫无确证的“八卦”，在当代仍然在继续传播、发酵。影响最大的大概要数一篇语文课文教育带来的效应。在人教版六年制小学课文第九册第七单元，有一篇名为《圆明园的毁灭》的课文。该文只有数百字，对圆明园如何辉煌及被英法联军劫掠和毁坏过程做了非常简略的描述，内容并未涉及龚自珍儿子是否为英法联军当向导。问题出在，很多语文老师在解读课文时，将“八卦”传闻当作历史事实，总是要列举此事，作为爱国主义教育的反面教材。由此产生的影响之大，实在难以估量。因为从娃娃起，很多人脑子里就刻下了龚橙是“卖国贼”的烙印。在《人间一股英雄气——记清华大学附属小学窦桂梅》的报道中[①]，介绍窦老师的教学经验，有这样的文字：“焚毁圆明园的前几天，英法联军列队入城之时，清军士兵夹道跪迎，北京居民观者如市，这一场面后来被痛斥为‘麻木’，通常也被历史隐去。中国人龚橙（龚自珍的儿子）是火烧圆明园的主谋，因他带的路。”在《资料性课程资源在结课中的效用》中[②]，谈《圆明园的毁灭》一文的教学心得，文中说：“据说中国人龚橙——著名诗人龚自珍的儿子是火烧圆明园的帮凶，是他带的路。”笔者还搜索到另一篇也是谈教学心得的文章，题为《在阅读教学中培养学生的

① 《北京教育》2006年3月号第15页。

② 张海峰、刘健文，刊《语文教学通讯·小学刊》2006年第1期第52页。

高尚情感——以〈圆明园的毁灭〉一课为例》[1]，此文专题谈《圆明园的毁灭》的教学，有这样的字句："皇帝、太后跑了，清军在街道两旁夹道跪迎强盗入城，著名诗人龚自珍的儿子龚澄（橙）领着英法联军进入了圆明园……"这位老师还用这样的提问句，来激发学生的爱国情感："……无比的耻辱，几千年文明熏陶下的人民竟然这样的不知羞耻？著名诗人龚自珍的儿子龚澄（橙）居然是数典忘祖的汉奸，领着强盗进入了圆明园？"这些文章和报道，在引用这一历史事实时，没有标明史料的来源。在《"圆明园，是谁烧了你"补说》[2]中，作者称："龚自珍长子孝拱，少好学……各国语言文字，略知一二。英人威妥玛立招贤馆于上海，延之为秘书。……民国初年蔡东藩《清史演义》说，英人北犯，他恰跟入北京，火烧圆明园，定是他唆使，烧了三日三夜，变成一堆瓦砾场，只有珍奇古玩，由半伦（龚橙）带领洋兵搜取净尽。又据《清朝野史大观》卷一载：'橙单骑先入，取金玉重器而归。'……咸丰十年八月癸亥之谕也能证明这个名人之后作恶的可信性，谕旨曰：'该夷去国万里，原为流通货物而来，全由刁恶汉奸，百端唆使，以致如此决裂。'"且不说这个咸丰皇帝把与英法的"决裂"责任，一股脑儿推到"汉奸"头上是多么荒唐可笑，仅从字面看，也没有提到与龚橙有什么关系。另外，请读者注意，该作者引用的资料，不是"演义"，就是"野史"。如果没有严谨的考证，这些都是无法作为信史来确认的。虽然"正史"与"野史"，有时也很难说谁更接近历史真相。"正史"的编修者出于某些因素，会有意避讳和遮蔽一些该

---

① 王金才文，刊《新课程研究》2006年9月号第27页。

② 刘振修文，刊《中学历史教学参考》2003年第12期第16页。

记录的史实，但如龚橙此类行为，没有任何需要避开不录的理由。

这些文章大都刊登在语文教学参考类期刊上，在语文教学中具有引领作用，在语文教育的从业人员中当然也会有很高的阅读量，再通过课堂连锁扩展传播，对龚自珍儿子的形象，必然带来连续性的大面积伤害。难怪一个多世纪过去了，一个根本不存在的“卖国贼”面孔，几乎在国人脑幕上定格。

另一个传播载体，来自一些研究者和著名作家的文字。找到若干例。在《火烧圆明园，谁是“带头大哥”?》[①]中，谈到是谁点燃了火烧圆明园的第一把火，称有三种说法，这三种说法，都把火烧圆明园的主犯指向了中国人。“第二种说法则指出：联军入京，龚橙导之毁园。龚橙是著名爱国诗人龚自珍的儿子，也是英国公使威妥玛的中国密友。他曾说出过‘中国天下，与其送与满清，不如送与西人’的名言。当时士大夫几乎一致认为他向联军提出烧毁圆明园的建议，龚橙终其一生，也未对这个指控进行过辩白。”这里虽然只是将龚橙“卖国贼”行为，作为三种说法之一，但作者的语气是肯定性的。这里我首先根据史料推翻一个说法，龚橙的“八卦”传言，出现在龚橙离世之后，而不是生前。所谓“龚橙终其一生，也未对这个指控进行过辩白”就成了一个没有前提的判断。有一篇杂文，题为《龚自珍的败笔》[②]，居然将电影《火烧圆明园》作为信源来引用：“凡看过电影《火烧圆明园》的，都会记得这样一个情节：一个戴洋人帽，穿白色西服，出入洋兵营盘的假洋人，强拉

---

① 谭伯牛文，刊《报刊文汇》2007年3月号第81页，摘转自《断章取义晚清史：天下残局》。

② 向贤彪文，刊《江西日报》2005年2月10日。

民妇供侵略军蹂躏，又引洋兵闯进圆明园……这个充当可耻汉奸角色的，就是龚自珍的长子龚橙。”该文以此为据，批评龚自珍如何未能注重儿子品行修养的培育。文章以虚构的电影为据，再以此倒推龚自珍教子无方，逻辑上显然无法成立。

这类文章中影响最大的要数著名老作家李国文写的多篇大“骂”龚自珍儿子“卖国”的文章了。手头就有两篇，一篇题为《名父之子》[①]，文章开篇就说：“龚自珍是名人，龚自珍的儿子，应该也算得上是个名人，因为圆明园是他引领英法联军去烧的。”“万园之园的圆明园化为灰烬，固然是英法帝国主义的罪恶。但龚自珍之子为向导，为高参，为狗头军师，出这恶主意，坏点子，是不能饶恕的。历史的这一页，就永远留下了这个丑陋的名字，遗臭万年。”李先生义愤填膺，文采斐然，但他的史料来自何处呢？一是与前面刘振修文章为同一处，即《清朝野史大观》（卷十）中一段记载。还有就是咸丰皇帝癸亥之谕里，大骂“汉奸唆使”，但并未涉及龚自珍儿子的那段话。刘振修也引用了。国文先生则大加发挥：“在诏谕里出现‘汉奸唆使’之词，当有所指，绝不是普通老百姓，而是有头有脸之辈，自然是冲着龚自珍这样有大名声的人而言，若他地下有知，将何以堪？”国文先生这是把写小说的浮想联翩的思维方式，用到写史学类文章上来了。国文先生还有一篇专题批评龚橙的文章，题为《龚自珍的不肖子》[②]。他在高度赞誉了龚自珍的诗文成就后写道：“他的一个儿子叫龚橙的，却是地道的混账东西，地道的浪荡无形的人，地道的引狼入室的卖国贼。”他的

---

① 刊《河北日报》2016年5月6日。
② 刊《同舟共进》2005年第3期。

史料依据，除了上文中标注的以外，另据几种野史记载，大多都是说龚橙生活如何放荡不羁。真正涉及圆明园事件中如何充当“卖国贼”，也是来自《清朝野史大观》（卷一）。同样的引文，前文标注为“卷十”，此处为“卷一”，总有一处是笔误。且不论。这些所谓的野史、笔记记载是否可靠，能否作为信史依据，才是最重要的。通过百度搜索可以发现，李国文的文章被很多报刊刊发，更不用说被难以统计的网络转贴，又被很多人作为历史事实引用，可见影响之大。由此我想到，名作家写文章，涉及历史事实理应慎之又慎，因其名牌效应和公信力，往往失之毫厘，谬以千里。

“稗官”杜撰

传播龚橙为英法联军当向导的，不仅有龚橙卒后十多年的一些野史和笔记，还有两部影响很大的小说。虽人人皆知小说为虚构的文体，但因其大众化的传播特点，产生的影响也就远远超过了私家笔记和文章。就如同《三国演义》的影响力远远超过《三国志》。非史学研究者，常常是分不清两者之间关系的。就如今日，很多人从历史电视剧中获得历史知识一样。

其一为民国时期曾朴著《孽海花》，写到一青楼女子与龚橙的对话。女子问龚为何引领英国人火烧圆明园，龚橙答：“你当我老子是好死的吗……我老子和我犯了一样的病，喜欢和女人往来，他一生恋史里的人物，差不多上自王妃，下至乞丐，无奇不有……”“他被满人毒死在丹阳。”为了报复满人的杀父之仇，“庚申（指

1860年英法联军攻占北京，咸丰皇帝逃往热河）之变，我辅佐威妥玛，原想推翻满清，手刃明善的儿孙。虽然不能全达目的，烧了圆明园，也算尽了我做儿的一点责任。人家说我汉奸也好，说我排满也好，由他们去吧!”

这段话真是离奇得距离史实十万八千里。一是说话口气哪像儿子谈论父亲，二是龚自珍被清室贵族“毒杀说”，经考证完全属无稽之谈。建立在“无稽之谈”基础上的报复行为，又从何谈起?三，这是小说，是虚构出来的“稗官野史”，岂可当作信史来征引?

其二是蔡东藩著《清史演义》，书中写道：这一日圆明园中火光烛天，一个身穿洋装的中国人在引导英军放火，清廷武务院卿恒祺问他是谁，他大声道：“谁人不晓得我龚孝拱，还劳你来细问!”“看官！你道龚孝拱是何人？他是晚清文人龚定庵长子……这次英人北犯，他恰跟了进京，烧圆明园，实是他唆使。”[①]这样的小说情节，真是“荒唐”复“荒唐”。既然清廷大臣都知道龚橙在引导英军放火，怎么可能在圆明园事件之后，他还能继续像常人一样存世18年。谁敢说，清军的大刀、弓箭对付不了英军的火炮，连一介普通中国文人的脑袋也砍不下来?

对于不明真相的大众，演义、小说者的杜撰，就成为先入为主的“信史”，这是多么可怕的事！谣诼之言，杀人不见血，此之谓也。这样的小说面世于龚橙死后很多年，作者知道，当事人不会从黄土下爬出来找他们算账，因此敢用真名实姓胡编乱造。

---

① 两例均转引自王开玺《龚孝拱引导英军焚掠圆明园考论》，《北京社会科学》2011年第4期。

《落雨入梦似还乡》 苏金成

绝无此事

下如此结论，是否过于武断?

下面笔者列举已掌握的权威考证文章和书籍史料来做论据。在当代学者和作家中，已经有人对此史实作了相当严谨的梳理。只是他们的文章发表在小众的期刊上，未能如李国文先生的文章那样，产生裂变式的传播效应。有两篇史学研究者的文章，大大减轻了笔者考证这一历史事实的压力。其一为《龚孝拱引导英军焚掠圆明园考论》[①]，作者为北京师范大学历史学院教授、博导，中国圆明园学会学术委员。其二为《龚孝拱事迹考》[②]，作者为上海社科院历史研究所助理研究员。这两篇文章，前者重考证；后者重叙事，是目前看到的对龚橙的生平形迹最为详细的介绍。两篇文章的共同特点是，所有的史料来源都有详细的标注。此等案头功夫，是作家李国文远远不及的。如果国文先生在写《名父之子》前，先查阅一下这两位学者的文章，大概就不会那么抓住野史中的只言片语，洋洋洒洒地随性发挥，妄下断语了。但是这两篇考证文章，皆未能征引法国学者关于这一事件的最为全面而又权威的读本《圆明园大劫难》。前文作者可能未注意到此著，后文作者的文章则写于此著出版之前。如果他们同时也能参照这部书，那么笔者几乎可以放弃此文的写作了。

---

① 王开玺文，刊《北京社会科学》2011年第4期。

② 叶斌文，刊《史林》1999年第3期。

叶斌考证后断定，“庚申之后至少八年内，世人尚未以圆明园事加诸孝拱”。王开玺遍查最初相关史料，无任何龚橙引英军焚掠圆明园的记载。这些原始的记载，包括恭亲王奕䜣、内务府总管明善、步军统领瑞常给咸丰皇帝的奏折、《李慈铭日记》等。恭亲王的奏折说，英法两国夷人“于（八月）二十二日（10月6日）窜扰园庭，肆行焚掠”，“因夷兵退出，旋有匪徒乘势聚众抢劫”。明善的奏折称：“初次夷人进馆焚烧，尚无土匪。自二十三日后，时有土匪进园，后被获正法。”瑞常的奏折和李慈铭的日记，也表述了类似的情形，未见有一字涉及龚橙。

王开玺论文的要点是：“大约在民国初年，社会上开始流传龚自珍之子龚孝拱认贼作父，引导英军劫掠并焚毁圆明园。这一传言，虽然当时即有学者表示怀疑，但经若干笔记野史渲染，似乎已成铁定事实。近年，这一说法再次泛起传播。笔者对相关史料分析后认为，所谓龚孝拱引领英军焚掠圆明园云云，实为三人市虎之传言，不足为信。”“当时的一些笔记、野史，虽有中国奸人首先劫掠圆明园的记载，但并无具体明确的姓名指称，更无龚孝拱引领英军焚掠圆明园的说法。”这些野史、笔记有陈代卿的《庚申畿辅纪略》（1905年排印本）、王闿运《湘绮楼自书圆明园词》（1921年有影印本）、徐树钧《圆明园词序》。这些最初最早的记载，均无龚橙与圆明园焚掠有任何关联的文字。1897年杨圻写的《檀青引》涉及具体人，文中说：“奸民李某，导联军劫圆明园，珠宝珍玉尽出，三朝御府希（稀）世之物，不知纪极掠殆尽”，还说到清政府“稍稍闻圆明园之毁，祸由李某，下狱穷治诛之，籍其产，以赐文丰家属焉”。这里记载的“李某”，与法国学者贝尔纳·布里赛的

《圆明园大劫难》中，有一处记载可以互证。1860年10月6日，英法联军在向圆明园“挺进”途中，因“一路上都是茂密的树木，纵横交错的道路简直就是个大迷宫！下午2点，法军抓了个农民，让他在前面带路……”[①]。这里未说被抓的中国农民“向导”姓什么，是否中国文人野史记载的“李某”，也无法确定。请注意，当时英法联军分头向圆明园进发，书中谈到被抓的中国农民，发生在法军。也许因为法军有这个农民带路，实际情况是当晚7点法军先到了圆明园，而英军则第二天中午时分才抵达。是因迷路，或忘记了与法军会合的地点是在圆明园，当事人有不同说法，但甭管怎么说，英军比法军迟到了10多个小时。[②]该著无任何文字写到龚橙为英军当向导，果有此事，这么重要的角色，书中不可能忽略。假如有龚橙当向导，英军反而迟到10多个小时，也是不可思议的事情。而这部法国学者的著作，是综合了70余种英法联军当事人的日记、回忆录、传记提供的原始资料写成，是迄今最全面最权威全景呈现英法联军劫掠圆明园的史学著作。另外，无论是中国的正史还是野史记录，史学界基本的共识是，英法联军对圆明园的劫掠在前，中国奸民哄抢于后。至于火烧圆明园的“主谋”，布里赛的书中也有详细记载。这里可以分“决策”和“动机”两个层面来看。英法联军有四个关键性人物，在英方，军事统帅是格兰特、外交特使是额尔金；法方的军事统帅是蒙托邦、外交特使是葛罗，英法远征军与

① ［法］贝尔纳·布里赛《圆明园大劫难》第287页，上海远东出版社2015年10月版。

② ［法］贝尔纳·布里赛《圆明园大劫难》第295页，上海远东出版社2015年10月版。

外交特使从不同的途径进入中国。重大的军事行动由英法军事统帅协调决定，涉及外交谈判，则由两个外交特使负责。像火烧圆明园这样对两国关系、对国际社会都会产生影响的重大行动，根本轮不上一个普通中国文人来当"主谋""引导"。如果无史实依据，做这样的揣测，只能是太低估了英法联军决策层的智商。他们是入侵中国的"强盗"，但不是文盲、莽汉，他们也是受过教育和训练的会思维的"强盗"。从布里赛书中提供的史实看，英法联军的统帅在是否火烧圆明园上是有分歧的。提出和决定实施这一重大恶行的是英国特使额尔金和英军统帅格兰特。动机和直接导火索，是英法联军与清政府之间发生的"人质事件"。

在英法联军攻陷天津时，清廷钦差大臣桂良与英法特使曾有一场谈判，因在某些条款上无法满足英法联军的要求，导致天津谈判失败。其中有一条款是英法联军各派1000士兵到北京出席条约批准换文仪式。桂良答应了英法联军的要求，但遭到咸丰皇帝的否决。他怒斥桂良等"丧心病狂，擅自允许，……违旨畏夷"。和谈不成，英法联军继续向北京进攻。强硬的态度和维护皇上的"脸面"，得有相匹配的军力。怎奈大清帝国的弓箭、大刀、长矛、马队，在完成工业化革命，手持先进枪炮、弹药的英法远征军面前节节败退。眼看大皇帝的那张龙椅也岌岌可危了。此时，皇帝又派新的钦差大臣、实际主政的三大王爷之一怡亲王载垣来商谈和约了。[①]怡亲王以皇帝全权大臣身份致函英法使臣额尔金和葛罗，恳请英法联军不要再向北京推进，要求他们返回天津，然后开始和

---

① ［法］贝尔纳·布里赛《圆明园大劫难》第229页，上海远东出版社2015年10月版。

谈。英法使臣则回复怡亲王："鉴于前派大臣背信弃义，在抵通州之前不存在商签任何条约的可能。"怡亲王仍要求英法联军撤回天津，否则将可能重燃战火，因为他虽是"全权使臣"，但左右不了军队的行动。此言在英法特使看来，是带有威胁性的。但这种"威胁"说了等于白说，阻止不了英法联军的进攻。在临近通州的地段，额尔金派巴夏礼和威妥玛去通州，拜会怡亲王和随同大臣穆英，双方谈判持续八个小时，怡亲王做出退让，交给巴夏礼和威妥玛一封急件，表示完全同意额尔金的要求。两天后的9月17日，英方巴夏礼、罗亨利和诺曼，还有法方的葛罗首席秘书巴士达等人，再去通州会见中方全权大臣，以便敲定英法特使与中方全权代表会谈的具体事宜。此次谈判持续七个小时，气氛非常紧张，双方都有剑拔弩张的非理智举动。但最终似乎还是达成了准备签署和平协议的共识。出乎英法联军统帅和外交特使意料的是，第二天（9月18日）英法参与谈判人员（有军人、外交官和文职人员）共30多人，在举着白旗回营地的途中突然失踪。英法联军发现，这些人实际上被清军扣留而成为"人质"了。这一事件被后来的很多当事人看作是"9·18圈套"。也有人后来认为，如此再次背信弃义的行为，非全权大使所为，而是主战派清军将领僧格林沁干的。[①]甭管是谁干的，是否获得皇上准奏，已经不重要，反正此事产生了非常恶劣的后续效应。即使在战争中，双方也不应该扣留或武力惩处外交使节，这也是中国传统就有的处理外交关系中的伦理。侵略者应该严惩，但显然不能用此类愚蠢的手段。于是和谈终止，清军与英法联

① ［法］贝尔纳·布里赛《圆明园大劫难》第243页，上海远东出版社2015年10月版。

军在八里桥发生激战，又是以清军的惨败告终。英法联军决定继续向北京城挺进，约定在圆明园会合。

清廷开始陆续放回“人质”，但有相当一部分人在酷刑中死亡。根据统计，英法联军被扣留“人质”共39人，其中20人已经死亡，他们收到的是20具棺材。活着回来的人，则诉说他们受到的“残酷折磨”。面对“人质事件”，英法联军的头头们都主张要采取“报复”行动。因为此事在他们看来践踏了国际法，如果不采取行动，难以平息国内舆论及政府高层的压力，从而影响到他们自身的职业命运。“报复”是共识，但在如何采取“报复”行动上，英法联军的统帅和外交特使，有不同的想法。法国人主张以“直接进攻皇宫”相威胁，摧毁皇宫，“以便在一国之都的中心留下一个令人久久遭受创伤的记忆”。而英国人则“宣布应该把皇帝的夏宫圆明园完全彻底地烧毁”。英国特使额尔金在给法国特使葛罗的信函中写道：“圆明园是皇帝偏爱的居住之地，摧毁它就等于打掉皇帝的威严，也刺痛他的个人情感。正是在这个地方，他把我们那些可怜的同胞弄来，对他们施行了最残酷的折磨……”[①]好了，笔者简单引文介绍圆明园被烧的“决策”过程，并不是要在这类“野蛮”对“野蛮”的行径中分出什么是非来，仅仅是说明：这一事件与龚自珍的儿子无任何鸟关系。不要说无可靠史料证明龚橙参与了英法联军如此重大的行动，即使按照常识，也可判断：一介普通中国文人，想成为“主谋”，恐怕也是不具备资质的。咸丰皇帝癸亥诏谕里那段话，并未提及龚橙名字，同时把责任一股脑儿推给国内“奸

① ［法］贝尔纳·布里赛《圆明园大劫难》第383～388页，上海远东出版社2015年10月版。

民”，也是荒唐可笑的。他的事实依据从何而来？圆明园被烧时，他作为一国之主在哪里？大概正在热河宫妃温热的被窝里吧？

虽然从表面史实看来，“人质事件”与英法联军洗劫和火烧圆明园似乎有因果逻辑关系，但我也不认为，假如没有“人质事件”，英法联军在中国的强盗行径会收敛一些。强盗既已入室，非抢即盗，离开时再放一把火，都不会让人感到奇怪。一个衰朽的王朝，面对强悍的用军舰、火炮推销毒品的强盗，无论主战，还是主和，都难逃被宰割的命运。这个王朝已经腐烂到如同一堆朽木。他们没有能力保护自己的国家、人民，以及圆明园这样的收藏有无数瑰宝的世界顶级园林。“陛下”有旨，再加“摇尾”文人呼应，在“内奸”上大做文章，恰好可以遮盖无能无力抵御外侮的衰朽。

咸丰“鹿血”

这个标题化用自一个曾风靡一时的保健品“中华鳖精”。不知道精明的商家，是否也会来借皇帝威名，研制一款名叫“咸丰‘鹿血’”的保健壮阳药。

关于龚橙与火烧圆明园的话题，说到这里，笔者觉得有必要荡开一笔，说几句闲话。

在查阅有关史料时，笔者每每从火烧圆明园，要想到杜牧写的那篇震烁千古的文章《阿房宫赋》。要说当年阿房宫的繁盛，恐怕不在圆明园之下。秦王朝灭掉六国，然后将俘获的美女和掳掠来的珍宝皆会集于新建的阿房宫。在杜牧笔下，美女多到何种程度呢？

“明星荧荧，开妆镜也；绿云扰扰，梳晓鬟也；渭流涨腻，弃脂水也。”想象一下，是何等了得。美女倒弃的胭脂水，让渭水都变得油腻了。至于珍宝之多，则“倚叠如山”。可是项羽一把火，皆化为焦土。在项羽的眼中，那可不是什么“珍宝文物”，而是一文不值的秦皇搜刮民脂民膏、穷奢极欲的象征，烧了就烧了。而杜牧并未在文中谴责项羽的那把火，而是作出了秦亡的深刻反思：“呜呼！灭六国者六国也，非秦也；族秦者秦也，非天下也。嗟乎！使六国各爱其人，则足以拒秦；使秦复爱六国之人，则递三世可至万世而为君，谁得而族灭也？秦人不暇自哀，而后人哀之；后人哀之而不鉴之，亦使后人而复哀后人也。”

阿房宫纵火者项羽是楚人，从历史语境看，他在秦人眼中也是一个外国遗民“造反派”。他的身份标识，与火烧圆明园的英法联军是否也有接近的地方？今天的学者，在谈到火烧圆明园时，除了谴责纵火“强盗”，强调圆明园的辉煌和文物价值，有多少人作出了像杜牧那样深刻的历史反思？

圆明园始建于康熙朝中期，鼎盛于乾隆时期。后任皇帝不断地扩建、续建，规模越来越大。它本质上也是大清皇帝吃喝玩乐、穷奢极欲的象征。就在国难当头，英法联军远征中国时，清廷仍在继续耗资整修圆明园，直到咸丰出逃前一个月，才迫不得已停工。[①]咸丰皇帝长期沉湎酒色之中，“以醇酒妇人自戕”，“身体久虚，遇庙堂大祀，常因腿软恐登降失仪，遣奕䜣恭代”。身体既虚弱多病，又要缠绵于妇人枕衾，则需常饮鹿血以提精神。因此苑内专门

① 常润华《圆明园兴衰始末》，北京燕山出版社1998年9月版。

饲养了上百只鹿，以供“朕”饮用。清军八里桥大败的消息传来，咸丰率宠妃、皇子和有关大臣仓皇逃往热河，美其名曰：“以巡幸之备，作为亲征之举。”临行前，咸丰还记着要喝鹿血，命大臣“率鹿以行”。大臣则觉得带着一群鹿，实在是拖累，则力劝：“外兵已逼近京师，方避寇之不暇，何必率是（鹿）以为累。他日事平，再饮鹿血，未晚也。”因此才“鹿不行”。[①]

这个国家的最高统治者，已经奢侈衰朽到如此地步，江山社稷还有救吗？更何况一个皇家园林？你视百姓为草芥，百姓怎会用鲜血和生命来捍卫你的那些“宝物”？所谓哄抢园内珍宝的“奸民”，又有多少是朝廷逼“良”为“奸”出来的？

下面再继续龚橙与火烧圆明园的话题。

“影”自何来

常言：风起于青蘋之末。那么有人会问，这个“青蘋之末”在何处？即使是“捕风捉影”，“风”和“影”又是如何生发出来的？从龚橙的生平形迹看，只能大致判断与他饱读诗书、为人狂放不羁，得罪人甚多有关；也与他生逢乱世，怀才不遇，生活无固定收入，常陷入困顿，曾被朋友推荐到英人领事馆为威妥玛担任文案翻译有关。在1851年至1853年间，魏源任高邮知州时，招龚橙佐撰诸书，生计是有着落的。魏源去世，他只好别寻生路。据记载，龚

① 常润华《圆明园兴衰始末》，北京燕山出版社1998年9月版。

自珍教子重学术而轻科举。而在那个年代，靠“学术”到哪里去换取糊口的银两？王韬撰《龚蒋两君轶事》，介绍龚橙云：“中年颇不得志，家居穷甚，恒至典及琴书。旅寄沪上，与粤人曾寄圃相识。时英使威妥玛膺参赞之任，司翻译事宜，方延访文墨之士，以供佐理。寄圃特以孝拱荐，试与语大悦。”自此，龚橙断断续续担任威妥玛的译员有若干年，与英人多有交往。在那个年代，国人普遍存在一种仇外心理，尽管魏源提出“师夷长技以制夷”，“师”的目的是“制”。而龚橙在“夷人”手下任雇员，换取养家糊口之资，在今日看来是正常的现象，但在那个时代氛围中遭人诟病也就难免。即便如鲁迅，在日本侵略中国的背景下，因与日本友人内山完造保持关系，至今不是也还被有的人骂为“汉奸”吗？因此“骂”龚橙“卖国”，也就有社会、时代的心理因素起作用。“骂”也就罢了，民间作为茶余饭后的“八卦”谈资也罢了，但严肃的学人、史家、教育工作者把不存在的为英法联军火烧圆明园当向导这样的恶行加诸龚橙，就背离了史家的职业操守。

不知道我为此而写的文字，能在多大程度上稍稍洗刷掉一点泼在龚自珍之子身上的污水？但愿信口雌黄、以讹传讹者从此能少一些。

暗夜里的“生命绝唱”

人们常常将优美建筑与音乐做比较，曰：“建筑是凝固的音乐，音乐是流动的建筑。”我认为，音乐与水似乎更具同质性。

上善若水，至美若水，生命若水——音乐若水。

站在无锡古运河清名桥头，俯视夜色下如梦似幻的水中倒影，对此就有了更为深刻的感悟。

大运河不仅仅是历史上的南北水运之河，更是中华民族思想文化创造的精神之河。开凿它的最原始动因是为了水运，但它的最为伟大不朽的效应，却是成为中华民族璀璨文明源远流长的命脉。

它是温驯的，利万物而不争。过往船只激起的波澜，如丝绸般抖动。正是这不宽不窄、不疾不慢、缓缓流动的河流两岸，最适合人居。因此很多繁华街市傍河而筑，无数寻常人家枕河而眠，万顷稷麦稻禾吸吮河水而生机勃发……也因此，许多伟大的精神硕果，皆来自两岸民间和知识精英的共同创造；繁若星河的名相、文豪、艺术大家，也诞生、矗立在河的两岸。

驻足桥头，脑中很自然地映入伟大民间音乐家阿炳的形象：头顶破旧礼帽，鼻梁上歪斜着一副墨镜，胸前挂着笙、笛、琵琶等，手里拉着二胡……墨镜之所以歪，不是像今天的人故意装酷，而是因为一条腿断掉了，只好用细绳拴在耳朵上。清名桥头，是阿炳经常卖艺的地方，这里人流量大，生意自然就好一些。

此刻，那首已在全世界广为传播的二胡名曲《二泉映月》的音律，如泣如诉地在我心中回旋。它从一颗历经磨难的心灵中流淌而出，流入波光闪烁的运河水，流入“蓝色酒吧”晃荡的杯盏，流入“百年酒馆”醇香的酒缸，流入陶艺工坊塑陶女孩的纤纤指尖，流入“捌徐糖坊”滚烫的锅灶，流入“莫宅”客栈宾客的梦境……阿炳的乐曲是民间的大众的，“此曲只应天上有，人间难得几回闻”不适合用来描述阿炳，不妨改为“此曲只应‘水’中有，流入千家万户门”。

弦上有情，弦上有忧，弦上有泪，弦上有血脉偾张的心跳……

阿炳的塑像在“阿炳纪念馆”、故居、崇安寺前的音乐广场可以看到，为何不在这清名桥头也立一尊？长期研究阿炳生平形迹的邓仲威先生认为，阿炳的“艺术三绝”：首“绝”为“说新闻”，其次为琵琶演奏，而为外界普遍认知的却是“二胡阿炳”。“说新闻”最能体现阿炳惩恶扬善、不畏强暴的人格境界，而琵琶演奏技术的精湛则超过二胡。他居然能将琵琶架在头顶弹奏。他说的是事实。但如何排序并不重要，它们都是阿炳生命的有机组成。《二泉映月》的世界性影响，已经成为彰显阿炳音乐成就和魅力的标志性符号。只要乐曲声响起，无论是何肤色、操何种语言，无人不被倾倒。20世纪80年代，一位日本音乐爱好者专程来到无锡阿炳墓前参拜，他高举录音机在墓前播放《二泉映月》，泪流满面。另有一则历史逸闻，颇能说明阿炳二胡曲直达人心的征服力：日伪时期，

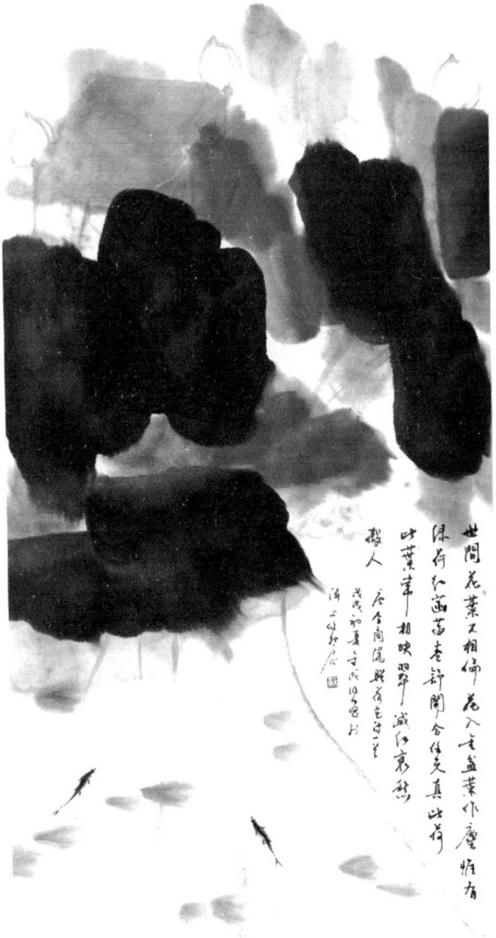

《李商隐诗意图》 苏金成

阿炳夜晚卖艺归来，城门已经关闭无法回家。他拉起了二胡，守门日军士兵听到了，就破例为阿炳开门。

中外音乐界各路高人，对阿炳创作和演奏多有点“睛”之论：“阿炳是中国乐神的化身”“是我国民间音乐的奇才”“二泉是感天动地的生命绝唱”（乔建中）；“他的伟大的名字应该用黄金写在中国音乐史上”（赵沨）；“这不是一般的民间音乐，也不是一般的二胡作品，而是我国当代最杰出的音乐作品之一”（吕骥）；“《二泉映月》这个风雅的名字，其实与它的音乐是矛盾的。与其说音乐描写了二泉映月的风景，不如说深刻抒发了瞎子阿炳自己的痛苦身世”（贺绿汀）。在诸种评介中，日本著名指挥家小泽征尔的肺腑之言，最为形象感人。他在中央音乐学院第一次听到用二胡演奏的《二泉映月》，泪水夺眶而出，说：“此种音乐只应该跪着听……”并且就要从椅子上跪下去，以表示他的虔诚。

令人不可思议的是，在阿炳辞世时，一位同样生长在无锡（宜兴）的二胡天才演奏家刚刚5岁。她叫闵惠芬。数十年后，她用老式唱机反复播放阿炳遗音，《二泉映月》让她产生撕裂般的疼痛。她似乎看到这位二胡前辈，从昏暗的街巷中，裹着凄风苦雨，迈着沉重的脚步缓缓走来，一种“念天地之悠悠，独怆然而涕下”的无可名状的忧伤和旷世的孤独感，盘旋在心中。她对阿炳的深刻理解，通过炉火纯青的天才演奏，将阿炳的名字推向世界乐坛。

有人将阿炳与贝多芬做比较，认为《二泉映月》是一首东方《命运交响曲》。这两位同样在音乐史上不朽的东西方音乐天才，确实有着几乎相同的苦难命运和奇特的音乐创造力。病蚌成珠。他们都没有向苦难的命运低头，被命运的恶魔击倒，而是将苦难升华为音律、乐章，迸发出与厄运抗争的排山穿石的力量。他们的“命运交响曲”，有着鲜明的东西方不同的风格标识和内蕴。一如大江大海般雄阔、澎湃、跌宕；一如泉水溪流般柔韧、顽强、悲悯……但都一样博大而深沉。

阿炳的命运可分为两个阶段。年轻时，他继承父业成为崇文寺雷尊殿当家道士，主持道院忏务，深受道教音乐熏陶，谙熟各种丝弦、击打器乐，在斋醮仪式演奏中表现出超常的音乐天赋，被人们尊称为“小天师”，生活条件也较优越；在35岁前后，阿炳陡然跌入苦难的深渊。因患眼疾未得到及时救治，双眼先后失明，无法继续主持忏务，只得流落街头，靠卖艺为生，穷困潦倒，饱尝世态炎凉、求生酸辛。开始一人行走，常常摔倒，被磕碰得鼻青脸肿、伤痕累累。后偶遇同样苦命的寡妇董催弟，两人相依为命，外出卖艺，由董催弟牵着他的长衫引路……新中国的建立，似乎给他带来命运的转机。1950年，他的老朋友中央音乐学院杨荫浏教授、曹安和女士等人，用学院刚刚获得的唯一钢丝录音机，专程来无锡为阿炳录下三首二胡曲、三首琵琶曲，约好来年再录，并拟请他赴京参加演奏会、聘请他去中央音乐学院任教。喜事接踵而来。然而，命运似乎故意跟他作对，当阳光升起时，他却陷入沉疴、接连吐血，于该年12月4日沉入永恒的黑夜，飞翔到无悲无喜、无善无恶、无象无形、无生无死的虚空……

时年才58岁。

他享誉世界的遗世名曲：（二胡曲）《二泉映月》《听松》《寒春风曲》；（琵琶曲）《龙船》《大浪淘沙》《昭君出塞》，均创作于他饱含血泪的后半生。兵荒马乱、民不聊生的“黑夜”，给了他一双失明的眼睛，他却用它来寻找光明。用百姓的话说，“眼是瞎的，心是亮的”。他的脑库中还储藏着数百首曲子，未及录音整理，成为无可挽救的遗憾。

贝多芬出身贫寒，童年受尽暴虐父亲折磨和世人嘲弄。正当他音乐创作风生水起、闻名遐迩时，命运又与他开了一个残酷的“玩笑”，一场噩梦般的大病袭来，险些结束了他的音乐生涯。其后果是听力严重衰退乃至失聪。失明与失聪，不知为何东西方两位音乐天才遭遇的厄运如此相似？失去视觉和听觉，都是对音乐人致命的打击。贝多芬曾一度濒临精神崩溃，留下遗嘱。是内心深处音乐的召唤，激发出他与厄运抗争的勇气，使他在音律的回旋中重生。此后他的音乐创作，登上新的巅峰，也是人类音乐史的巅峰，一系列经典名曲：《英雄交响曲》《命运交响曲》《C大调钢琴鸣奏曲》……从维也纳穿越时空，回荡在世界各国的音乐大厅。贝多芬57岁即告别人世，送葬的队伍中拥满了悲伤的普通民众，还有整齐肃立的王朝士兵。

生活、人生为何总是充满如此悖论？

最高洁的荷花，根植于泥淖之中；最激动人心的天籁之音，是用血泪凝练而成。阿炳、贝多芬的伟大在于，他们将个人苦难升华为滋润全人类干渴心灵的甘露般的音符。阿炳曾自谦他的曲子都是“瞎拉拉”的“依心曲”。贝多芬在《庄严弥散曲》手稿开端写道：“全由心生，只求表达心声。”好一个“依心曲”“全由心生”，难道这不是一切艺术创作的最本质的规律？从创作者心中流出，才能让千万颗心为之颤抖。

歌德说：“不爱音乐，就没有资格称为人；但只爱音乐，才是半个人；只有从事音乐，才是一个完整的人。”笔者童年曾痴迷二胡，在邻居大哥帮助下自制二胡，然后早晚练习。中学时曾为学校排演京剧《沙家浜》伴奏，寒暑假也曾用这低水平的手艺去乡村演出队“混”工分。后当兵、从事媒体工作，为生计忙碌奔波未再摸过二胡。对照歌德的名言未免汗颜，不能算一个完整的人。不过，我以为，真正“完整”“完美”的人生几乎是没有的；“遗憾”“缺陷”乃人生常态。

无奈。只能让“遗憾”伴随此生。那就多多欣赏阿炳、贝多芬……让“遗憾”稍稍减轻。

老子理想中的“圣人”离我们有多远？

《老子》中有三十余处提到“圣人”，不是偶然的，必定有他的独特思考。

谈“圣人”人格的构成，并不是希冀人人成“圣”。我们不妨以圣人的品质作为标识，力争做一个正常的人，有“底线”的人。

“顺势、抑贪、谦卑、慈爱”，这些品质普通人也可以具备，只要你愿意去践行。但要真正做到也很难，难在人性的弱点总是难以抗拒过度的贪欲。

所以说，“圣人”离我们很近，也离我们很远。“近”与“远”全在每个人自身的修为。

“立人”任重道远

懒人写稿，常常是被逼出来的。有此文也是因为“逼”。上海五峰书院金星论坛，是一个民间的文化讲坛，邀我去与读者分享一些阅读心得，但有一个主旨要求：回望传统，切入当下。具体话题由本人选择。正好近期在断断续续地读《老子》，且时有“火花”迸发，于是就有了本文的题目。老子在《道德经》中有三十多处谈到“圣人”，“圣人”是什么样的人？或“圣人”应该是什么样的人？[①]他在区区五千言中，如此频繁地谈到“圣人”，不是偶然的，必定有他独特的思考。在他老人家的理想中，“圣人”是具有最高人格修养境界的人。那么，他所追求的“圣人”境界包含哪些元素呢？笔者试图做一个概括，稍稍完整呈现他说的“圣人”形象。

这里谈“圣人”人格的构成，并不是希冀人人成“圣”。俗话说，取法乎上，仅得乎中。我们不妨以圣人的品质作为标识，力争做一个正常的人，做一个有“底线”的人。

有学人说，当下中国人最大的问题是做人没有“底线”。什么是做人的“底线”？说起来很复杂。对不同职业、身份角色，可能有不同的“底线”。需要专题论述。这里有一个流传的小段子，可以从一个侧面说明家庭伦理中缺少“底线”的问题：某年春节前，在北京南站候车室里两个老人对话：“我大儿子让我去上海住，二儿子让我去南京住。”“你真幸福，两个儿子都这么孝顺。”“他奶奶的，关键大儿子在南京，二儿子在上海！”

无论做什么事，首先要做人，人做不好，最终事情也做不好。一个创业者，如果跟人家谈合作，初次见面或打过几次交道，对方就觉得你这人太不靠谱了，还会有跟你合作的可能吗？你敢跟没有

① 陈鼓应《老子今注今译》（商务印书馆2003年12月版）第147页说到，《老子》中有32处出现“圣人”。

"底线"的人共同创业吗？你愿意跟他（她）成为闺蜜或"男闺蜜"吗？跟这样的人打交道，你会不会担心他在你的房间里安一个监控，他在另一个房间里看"三级片"？或者有一天，拿着这个证据来敲诈你？

如何做人的问题，是一个大问题。鲁迅先生一生致力于国民性的批判与改造，他说："中国欲存争于天下，其首在立人，人立而后凡事举。"而现代文学史的另一位大家胡适，则致力于制度的完善和设计。这两位现代思想家、文学家所致力的事业，在今日仍然任重道远。关于制度的设计，有"肉食者谋"，关于人格的再造和重塑，还是可以做些努力的。

老子"圣人观"形成的"触发点"

尽管断断续续读《老子》有一段时间了，但在讲坛上谈老子，仍感诚惶诚恐。《老子》太博大精深了，常常看过的部分，回头再读，又需要对照译文，反复揣摩。著名历史学家吕思勉认为："道家之学，实为诸家之纲领。诸家皆专明一节之用，道家则总揽其全。诸家皆其用，而道家则其体。"①

理解老子哲学，离不开他思想产生的两个核心触发点：一个是环境的背景，一个是他个人的阅读背景。前者涉及他对现实的观察和忧思，后者涉及他对前人思想的传承和创造。

① 吕思勉《先秦学术概论》第27页，岳麓书社2010年12月版。

关于老子的身世，汉代以前的史书没有任何记载。司马迁的《史记·老子列传》中有简略的介绍，说老子可能活了160岁或200多岁，用的是不确定的口气。大概依据的是当时的传闻。还有很多说法，基本都是没有史料依据的揣测。有一个荒诞不经的离奇记载，说“老子的父亲李乾，天生没有耳朵，一只眼睛瞎了，活到72岁时也没有娶到老婆，同邻居家的老女野合，老女怀胎八十年后生下老子”。那么，老子的母亲该活多大岁？在娘肚里怀了八十年的老子，生下来时该是什么模样？是不是已经是白胡子老爷爷了？这样的说法，居然还是有文字记载的。提供这一说法的古书名《十六国春秋》，北魏崔鸿著，收入《四库全书》。[①]对各类完全不靠谱的说法，我们不妨忽略掉。

但有两个重要的因素，我们不能忽略，一个是《老子》著作问世所处的时代，按照梁启超的考证，应该是战国之末。据最新的考证，《老子》成书应该不晚于战国中期。这个时段由于周王室的衰微，正处于一个诸侯争霸、尔虞我诈、尸横遍野、民不聊生的时代。仅春秋时期，在公元前722年至公元前479年，就发生战争483次。在老子眼中，这是一个什么样的时代呢？用他的一句话就可以概括：“天下无道，戎马生于郊。”由于征战不断，马匹不仅无法用于农田耕种，而且因为马不够用，连怀孕的母马也被拉到野外去作战。想象一下，被刀剑砍伐得血肉模糊的母马，倒在战场上，马仔还在肚子里蠕动，这是多么凄惨的景象？老子的很多理念，不是凭空产生的，是来自对现实的观察与批判。

---

① 赵志强《老子》，第5页，辽海出版社2012年5月版。

其二，传说因为周王室大夫的举荐，原生活在楚国苦县（今河南鹿邑县）曲仁里的老子，获得一个叫守藏室之史的职位，于是举家从曲仁里迁往京都（今陕西长安西北）。有人说，这个职位相当于国家图书馆馆长，这么说是不准确的，守藏室里珍藏的除了各种书籍、典籍，还有王朝的档案、各种文物等，功能是综合性的。因此，老子有条件在这里阅读各种内部秘籍和前人留下的著述，其中最重要的大概有《尚书》《周易》等等。在公元前516年，周王室发生内乱时，老子辞去守藏室之史的职位。对于他后来的去向，有各种说法。有说回到故里的，有说西出函谷关后不知所终的。这些说法也都很难确认，基本停留在大胆设想阶段，求证起来很难。《老子》著作的产生，也有不同说法，有说在函谷关被守门官关尹拦下，逼他写一本书，于是有了五千余言的《老子》。个人认为比较靠谱的说法是，老子回到故里从事讲学，而《老子》则是他弟子对老子平时言论和授课的记录。学术上的争议，我们且不去管它。有一点是确定无疑的，老子的很多理念确实吸收了很多前人典籍中的营养。下面，我们来集中解析一下，《老子》五千言中，是如何谈“圣人”人格构成的？

何谓“圣人”

《老子》有三十多处谈到了“圣人”，其实，在很多没有出现“圣人”字眼的地方，他的议论也是针对圣人而来的。他谈圣人的人格，大多是为了批判那些身在高位的君王，是有位之圣人。他理想中的圣人，在现实中存在不存在呢？老子没有说，也许历史上曾有过。否则，他不会在文中，经常出现“圣人云”或“是以圣人”如何的文字。

关于圣人的人格，起码是由四个重要元素构成的：

其一，顺势。

在《老子》中，有很多处论述圣人应该顺势而为，要遵守自然规律，不要去做刻意妄为、违反大道的事情。

引例：

是以圣人处无为之事，行不言之教；万物作而不为始……（二章）

圣人以无为的态度来处理政事，不是用说教而是用行动来引导人。让万物自由生长，而不去人为地干扰。[1]

天地不仁，以万物为刍狗；圣人不仁，以百姓为刍狗。（五章）

大自然是无所偏爱的，它对万物都能同等对待；圣人也如此，他对百姓也无所偏爱，任凭百姓自然发展。（刍狗，祭祀用的稻草扎成的狗）

故圣人云：“我无为，而民自化；我好静，而民自正；

① 所有译文综合参照的版本有：陈鼓应《老子今注今译》，商务印书馆2003年12月版；林语堂《老子的智慧》，长江文艺出版社2015年5月版；汤漳平、王朝华译注《老子》，中华书局2014年7月版；原文引录，主要以陈鼓应《老子今注今译》为主。

我无事，而自民富；我无欲，而民自朴。”（五十七章）

圣人说，我无为，人民就会自我化育；我好静（不折腾），人民就会在正常的状态下生活；我无所行事，而人民能让自己富足；我不去搅扰，民风自然就会淳朴。

为者败之，执者失之。是以圣人无为故无败；无执故无失。（六十四章）

刻意妄为，就会遭遇失败；非得紧紧地抓住某些东西，反而会失去。所以圣人不会妄为，也就不会失败；本来就不是刻意强行要获得什么，所以也就不存在失去。

琢磨这些表述，就会发现一个共同的关键词：“无为”。不是不要作为，而是不要想当然地胡作非为。当年那些诸侯为了获得霸主地位，劳民伤财，攻城略地，弄得老百姓无法安稳地过日子。就如鲁迅说的，连奴隶也当不稳。由此，我们就体会到老子为何反复强调“无为”。无论对一个国家，还是一个人，都存在一个“顺势”的问题，逆势而动，其结局都不会好。台湾师范大学教授曾仕强先生提出一个问题，是“人定胜天”，还是“天定胜人”？他认为，从小处说，某一个局部，人定胜天是可能的。诸如发生洪灾，通过人为努力，减轻灾害带来的损失。那么从大的格局上，一定是天定胜人。试问，谁能改变大自然的四季轮回，谁能改变日月的升沉？很多年前看过吴晓波写的《大败局》，书中写了几十家曾经成为央视广告标王的企业，如何从兴盛走向衰败的过程。从中可以看到，这些企业衰败的一个重要原因是，盲目扩张或追逐虚名，违反了企业发展的自然进程和规律。无数事实说明，逆势而动，不切实际，昨天的巨人，明天就可能轰然坍塌。

从个体生命来说，也有个如何顺势而为的问题。“顺势”，就是不要做明知不可为，而要硬性地去做的事。诸如有些作家本身并不具备成为优秀小说家的才赋，但硬是在那儿苦思冥想。很多年前，我曾看到一位下放知青，为了改变自己的命运，每天吭哧吭哧地写长篇小说，一遍遍地誊抄，但写一部出版社退一部。人要改变自己的命运有多种途径，关键是找到适合自己发展的空间所在，为何非要吊在文学这棵树上呢？还有的人，为了那个什么奖，把自己折腾得痛苦不堪。

人要顺势发展，不是简单地说“无为”，而是在不同的年龄阶段，根据自身情况尽最大努力发展自己。“黑发不知勤学早，白头方悔读书迟。”“黑发”就该做黑发的事，“白头”就该做白头的事，这就是“道法自然”了。

其二，抑贪。

这是老子在论述“圣人”人格中，反复强调的另一个观点。不用说，他的这一思想，主要是针对王侯将相的，或者说主要是针对战乱中的诸侯们的，因为他们管理一方土地，握有最大的权力。如果他们贪得无厌、滥用权力，就会给人民带来无穷灾难。

引例：

是以圣人后其身而身先；外其身而身存。非以其无私邪？故能成其私。（七章）

圣人总是把个人的利益摆在人民的利益之后，所以他

《夔门天下雄》　苏金成

反而能赢得人民的拥戴。把自己置身度外，反而能保全自己的生命。正是他的不自私，反而能成就自己的事业。

五色令人目盲；五音令人耳聋；五味令人口爽；驰骋畋猎，令人心发狂；难得之货，令人行妨。是以圣人为腹不为目，故去彼取此。（十二章）

绚丽的色彩，令人眼花缭乱；缤纷的声音，使人耳朵的听觉反而迟钝；各种美味佳肴，让人只想着口爽，忘记肠胃的承受极限；骑马奔驰追逐猎物，会使人兴奋得忘乎所以；那些难得见到的珍贵宝物，则会让人顿起歹念。因此圣人提倡淡化欲望，只求满足基本需要就可以了，要摒弃那些多余的欲求。

这里讲到了奢侈欲望给人带来的危害，同时以圣人的口吻告诫人们要抑制过度的贪欲。

是以圣人欲不欲，不贵难得之货；学不学，复众人之所过，以辅万物之自然而不敢为。（六十四章）

圣人的关注点在人们所不感兴趣的，而不是像普通人那样追逐带来感官刺激的东西；不把那些难得的货品看得很珍贵；学人所不学的，而对人们犯下的过错，他却努力去补救，使得万物能够按照自然的规律运行而不去干预。

是以圣人云："受国之垢，是谓社稷主；受国不祥，是为天下王"。（七十八章）

圣人说，管理一方土地的统领，不是来享受的，而是要承受这片土地上所有的屈辱；还要敢于承担这片土地上发生的一切祸害。如果你能做到这些了，你就是名副其实的“社稷主”“天下王” 了。

圣人不积，既以为人己愈有，既以与人己愈多。（八十一章）

圣人不累积大量的财富、珍宝，而是尽力地布施给广大的人民，这样自己反而觉得很富有，很充足。

《老子》文中还有多处谈到，在上之圣人一定要掌控自身的欲望，要警惕权力的滥用。诸如，“不敢为天下先”。不是我们现在理解的不敢创新，而是在利益面前，要退后，更不是利用权力为自身牟利。

其三，谦卑。

谦卑是贯穿《老子》的重要精神品格，当然也是构成圣人品格的重要元素。大家所熟悉的“上善若水”，说的就是人要像水那样柔弱，而不要逞强好胜。逞强则容易折断。最典型的比喻是舌头与牙齿。牙齿很坚硬，但人老了，牙齿总是先于舌头脱落。他认为，人要处于低洼处，虚怀若谷，然后你的胸怀才能像山谷那样吸纳更多的东西。

引例：

曲则全，枉则直，洼则盈，敝则新，少则得，多则惑。是以圣人执一为天下式。不自见，故明；不自是，故彰；不自伐，故有功；不自矜，故能长。（二十二章）

委屈反而能保全，弯曲反而能伸直，处低洼处反而能够得到充盈，旧的东西会生长出新的事物，少取反而能够获得，贪多则会迷乱心智。所以圣人坚守道的原则。不自我张扬，反而显得明智；不自以为是，人们反而会传颂他的美德；不自己夸耀，人们自然会铭记他的功劳；不自尊自大，反而能够获得长久的名声。

圣人常无心，以百姓心为心。

圣人在天下，歙歙焉，为天下浑其心，百姓皆注其耳目，圣人皆孩之。（四十九章）

圣人常常不轻易发表自己的主观见解，而是充分听取百姓的心声。百姓需要他做的，就是他的职责所在。

圣人处在管理天下的位置上，要懂得收敛自己的主观欲望，让天下百姓也遵从道的理念，让百姓也懂得收敛，致力于做好自己的事情，圣人却孩子般看着他们自足生活的样子。

知我者希，则我者贵。是以圣人被褐怀玉。（七十章）

因为圣人从不自我张扬，因此了解圣人的人会很少。而能够像圣人那样做，就显得难能可贵了。所以圣人总是不追求华丽的外表，好像穿的是粗布衣衫，但却有着珍贵美善的内在品质。

天之道，损有余而补不足。人之道，则不然，损不足以奉有余。

孰能有余以奉天下，唯有道者。

是以圣人为而不恃，功成而不处，其欲不见贤。（七

十七章）

按照大自然的规律，总是要把多余的部分，用来填补不足的部分。而按照人的通常心理，则是相反的，要剥夺不足的部分，让已经富余的人更多地拥有。

谁能把有余的部分拿来奉献给天下呢？也只有有道的人了。

所以圣人做很多有利百姓苍生的事情，却不标榜自己有多少功劳。建立了功业，却不居功自傲，他不想让人们知道他多么聪明能干。

其四，慈爱。

在老子理想中，圣人总是充满慈爱之心，对苍生怀有博大的悲悯情怀。前面我们已经举例说到的，诸如“以百姓心为心”，就体现了对百姓的仁爱之心。慈爱，就应该表现在让百姓生活得自足而快乐。

引例：

是以圣人常善救人，故无弃人；常善救物，故无弃物。是谓袭明。（二十七章）

圣人总是具有博大的包容心，在圣人眼中，人人都有其存在的价值，因此他能够让每个人发挥其才能，获得生命的自然生长，所以没有被遗弃的人；圣人对世间万物，都会非常珍爱，所以没有需要毁弃的东西。这就是按照“道”的规律行事了。

其政闷闷，其民淳淳；其政察察，其民缺缺。

是以圣人方而不割，廉而不刿，直而不肆，光而不耀。（五十八章）

这里的“闷闷”不是通常理解的“气闷”，而是宽厚、淳朴的状态，是以厚朴之心对待百姓，因此民风也就会淳厚了；相反呢，如果政令对百姓非常严苛，百姓也会变得狡诈。道理很简单，百姓为了自保，会动足机巧之心来对付你。

所以圣人即使像一个方形的物体，也不会割伤人的肌肤；即使像锐利的物体，也不会伤害到人；即使很直率，也不会气势汹汹；即使发出光亮，也不会产生耀眼的感觉。

是以圣人执左契，而不责于人。有德司契，无德司彻。（七十九章）

古代的契约刻在木头上，剖开后，债权人和负债人各执一半。债权人拿左边一半，负债人执右边一半。圣人好比是拿着契约的债权人，但不向对方索取。有德的人就像拿着左契而不索取的人，而无德的人就如同掌管税收的人那样，向百姓索取。

这里老子用契约和收税来做比喻，目的都是为了说明掌管权力的人，要像圣人那样有慈爱之心，而不是无度地索取。因此，我们不能机械地理解成现代债权人和负债人之间的关系。是对特定的对象而言的。

老子的慈爱之心，还表现在对待战争的态度上。他说：“以道佐人主者，不以兵强天下……大军过后，必有凶年。”（三十章）“兵者，不祥之器，非君子之器，不得已而用之。”（三十一章）

圣人与神

关于圣人人格构成元素，还可以概括出一些，诸如老子说：“夫轻诺必寡信，多易必多难。是以圣人犹难之，故终无难矣。”（六十三章）是说轻易允诺的人必然会失信，把事情看得很容易的人，必然会遭遇很多困难。反向思考，老子在这里强调的是要“重诺”，如果对他人有承诺，那就应该兑现你的承诺。圣人一方面不“轻诺”，另一方面则“重诺”。

也许有人问，老子心目中理想的“圣人”，是不是一个完人，乃至是神？答曰：否。我们从《老子》的文本可证实，老子并不认为圣人就是一个完美无缺的人。请看这一段：“知不知，尚矣；不知知，病也。圣人不病，以其病病。夫唯病病，是以不病。”（七十章）圣人不是没有缺点，但他敢于承认自己有缺点，有毛病，因为如此，他也可以说是没有缺点的。正如苏格拉底曾说的：“我唯一知道的，就是我一无所知。”孔子也说：“知之为知之，不知为不知，是知也。”这就是圣人的态度了。

根据刚才对老子理想中圣人人格构成要素的概括，也说明圣人不是神。“顺势、抑贪、谦卑、慈爱”，这些品质普通人也都可以具备，只要你愿意去践行，就可以成为“圣人”。但这些人格要素，要真正做到也非常难，难在人性的弱点总是难以抗拒很多诱惑，人的贪欲总是难以掌控在一个“度”上。可以说，“圣人”离我们很近，也离我们很远。“近”与“远”，全在个人自身的修为。

在司马迁的《史记》中，有一段孔子问学于老子的描述：

> 孔子适周，将问礼于老子。老子曰：“子所言者，其人与骨皆已朽矣，独其言在耳。且君子得其时则驾，不得其时则蓬累而行。吾闻之，良贾深藏若虚，君子盛德容貌若愚。去子之骄气与多欲、态色与淫志，是皆无益于子之身。吾所以告子，若是而已。”孔子去，谓弟子曰：“鸟，吾知其能飞；鱼，吾知其能游；兽，吾知其能走。走者可以为罔，游者可以为纶，飞者可以为矰。至于龙，吾不能知，其乘风云而上天。吾今日见老子，其犹龙邪！”[①]

孔子眼见世风日下、礼崩乐坏，因此要用周礼来恢复天下的秩序，但四处碰壁，无人理睬，惶惶如丧家犬。他被老子兜头浇了一盆冷水，让他确实摸不到方向。他与老子思考的着眼点完全不同。初次相见，让他感到老子如同腾云驾雾、似有若无的“龙”。这故事虽见于司马迁的笔下，但也可能是一种神化老子的民间传闻。老子被尊奉为道家的祖师爷，但是在实际尊奉过程中，很多时候已经离大道甚远了，有时甚至完全背离了老子的精神。北宋在宋徽宗年代是尊奉道教的，但宋徽宗和宰相蔡京当政时，又是北宋时期君臣

---

① 汤漳平、王朝华译注《老子》第1页，中华书局2014年7月版。

生活最奢侈糜烂、对老百姓搜刮最严苛的年代。他们搜刮民脂民膏，好大喜功，修建奢华的神霄玉清万寿宫，君臣生活皆挥霍贪婪无度，最后将北宋的江山也挥霍掉了。这样的“社稷主”“天下王”在倡导信奉道学，老子听闻后会不会吐血？连宋徽宗的敌人，也称他为“昏德侯”。而那个被老百姓列为“六奸”之首的蔡京，在被贬斥流放途中，向路边小商贩买吃的东西，小商贩一听说是当朝被革职的蔡京宰相“大人”，则拒绝把东西卖给他。古书上是这样记载的：“初，元长之窜也，道中市食饮之类，问知蔡氏，皆不肯售。至于诟骂，无所不道。……元长轿中独叹曰：‘京失人心，一至于此。’”到了这个地步，这位坏事做绝的宰相大人，还在叹息：我在老百姓心中，怎么到了如此不堪的地步？做坏事，而不知道是在做坏事，这就是坏到骨子里的“奸”人了。在那个崇奉道家的朝代，哪里还能找到一点老子的精神魂魄呢？

“锅庄”与极品美女阿扣

一

这真是一片神奇而又神秘的土地——

走进这片土地，居然一次次萌发想创作长篇小说的冲动。但理智又告诉我，这是不现实的！我非如作家阿来那样生于斯长于斯，缺少在藏区生活的丰富的体验和经验。但这片土地上，无数迷人的故事，如同那个奔腾不息的金川江水，不断地冲刷着我的大脑屏幕，飞溅起如雾如梦般灵感的水花。

生活经验和体验，对传统意义上的小说创作无疑起着至关重要的作用。

从四川阿坝州的金川归来后，我一直在读阿来的两部主要作品，一为非虚构的历史纪实《瞻对》；一为他的成名小说《尘埃落定》。看《瞻对》，我的目的在我这篇关于金川的文字，在涉及史料时，避免与他的作品重叠。因为他所写的“瞻对”（今日名为“新龙”县），距金川仅有五六百公里。看《尘埃落定》，则想从中找到一点川藏地区生活的质感。我发现，如想寻找小说的感觉，对于我这样浮光掠影的过客，是非常困难的，也并非靠阅读大量的史料能够弥补。这部小说，在它刚问世时我即读过，留下记忆的是当时阅读的神秘感，对其中的故事人物情节已经淡忘了。近日又打开，用写作者的眼光重读。阅读告诉我，生活经验常常无法用想象来替代。第一节："母亲正在铜盆中洗手，她把一双白净修长的手浸泡在温暖的牛奶里，吁吁地喘着气，好像使双手漂亮是件十分累人的事情。"听说过贵妇用牛奶洗浴传闻，但在川藏地区的一位老年女性用牛奶浸手保养皮肤，却让我难以想象。因刚去过金川，我判断，这大概只有土司家的女人才有可能如此奢华吧？果然，"母亲"就是土司太太。

再读第二页："母亲打开一只锡罐，一只小手指伸进去，挖一点油脂，擦在手背上……屋子里立刻弥漫开一股辛辣的味道。这种护肤用品是用旱獭油和猪胰子加上寺院献上的神秘的印度香料混合而成。"我闻到了一股辛辣的气味，但我绝对想象不出土司太太使用的"护肤品"，会散发出这种怪异的味道，以及这种怪味的成分。很多构成生活质感的"经验"，往往是想象力无法"填充"的。今天的科技发达到，让很多人觉得有了"百度"，可以找到无所不包的知识，似乎当一个学问家很容易。但构成生活质感的情感体验和经验，"百度"先生如何提供？

因此，虽然有写小说的冲动，但是否真的动笔写小说，我尚未建立起足够的信心。那就先写一篇涂鸦式的短文，也就是这篇非虚构的《"锅庄"与极品美女阿扣》。

二

这片土地如何神奇而又神秘？我们先从地理层面看看。

在李菲博士的论著《嘉绒跳锅庄》中，对这片土地有一段描述，站在嘉绒墨尔多神山巅峰俯瞰："由五条河流和五条山脉形成了一朵'莲花'图案。""五条河流从东沿逆时针方向依次为大渡河上游两大支流小金川、大金川，以及革什扎河、东谷河、大渡河；五条山脉从东沿逆时针方向依次为墨尔多山、白菩萨山高顶梁子、党岭斯达纳山、卜角顶、莫日山。"虽然她所描述的这朵"莲花"呈现在甘孜州丹巴县境内，而其水系和山脉都与阿坝州的金川县紧紧相连，墨尔多神山矗立两县之间，金川就在这朵莲花花瓣的边沿上。更重要的是它们都拥有共同的文化形态之一：嘉绒锅庄。

这里碰到两个概念，"嘉绒"与"锅庄"。

先说"嘉绒"：根据李菲博士论著中提供的研究成果，关于这一概念，在民间和学界有七种不同的解读，都有各自的依据。笔者不想在这里一一罗列。我喜欢其中的一种富有诗意的说法："因其地群山环抱江河汇流，宗教界将境内墨尔多山奉为群山之主，其山全称为'嘉莫·墨尔多'，将其山名变译称为'嘉莫绒'或'嘉尔木戎巴'，'嘉绒'便是这些称谓的缩写或简称。"好，我们可以把"嘉绒"看作是一个与墨尔多神山相连的地域概念。

再说"锅庄"。从字面看，是灶台、锅台？是，又不是。是锅台，也不是我们内地汉民族使用的锅台，因为建在家中的锅台，是无法燃烧篝火，然后众人围着篝火翩翩起舞的。这里是指早期藏区牧民使用的锅台，在野外，用几块石头搭起来，铁锅就架在石头上，然后下面燃烧树枝木柴，藏民们在节日或举行某种庄重仪式时，便围绕锅台和熊熊燃烧的篝火跳舞。后来就逐步演变为一种舞蹈形式的代称。其实，"锅庄"是普遍流行于藏区和少数民族地区的舞蹈形式，而“嘉绒锅庄”是指流行在嘉绒藏区的舞蹈。不同地区的“锅庄”，它的文化指向，它体现出的宗教内涵，它所折射出的文学文本意义，是有区别的。就如不同民族所使用的不同语言一样，其中所包含的丰富的不同种族的遗传信息和密码是复杂而多义的。

在今日，跳锅庄甚至不仅仅在藏区和少数民族地区流行，在我生活的南方都市，也常常看到市民们伴随《跳起欢乐的锅庄》舞曲，将“锅庄”演变为纯粹以锻炼身体和娱乐为目的的广场舞。

丙申初春，从四川阿坝州的金川县归来，当我对被列入国家非物质文化遗产的金川“马奈锅庄”有所了解、理解后，每每在南方都市街区听到熟悉的锅庄曲调，看到不那么标准的锅庄舞步，就会不由自主地驻足……心想，锅庄的魅力是永恒的，对它保护或不保护，它都会以一种不可抗拒的生命力，渗透到我们的日常生活中。

“谁不跳舞，谁就不懂得生活”——公元2世纪基督教诺斯替教派的歌词如斯唱道。

在人类语言文字尚未出现时，舞蹈开始了；在人类语言文字无法抵达之处，舞蹈开始了。

世界最权威的舞蹈史研究学者库尔特·萨克斯认为：

“舞蹈是一切艺术之母。音乐与诗歌存在于时间；绘画和建筑存在于空间；只有舞蹈存在于时间同时也存在于空间。”

“舞蹈打破了肉体和精神的界限，打破了耽溺于情欲和约束举止的界限，打破了社会生活和发泄个人特性的界限，打破了游戏、宗教、战争与戏剧的区别，打破了一切由更为高级文明形成的各种界限。”

“舞蹈实际上就是拔高了的简朴生活。”

金川之行，为我创造了直接体验一种具有独特风情的舞蹈形态的机会，它就是——

马奈锅庄。

三

丙申三月某日，在去金川马奈乡之前，我已经看过一些关于“马奈锅庄”的文字介绍。

在清代的诗文中，有多首诗写到了跳锅庄：李心衡的诗《仙坪跳月》中有“连臂踏歌”的字眼；在胡经德的诗《跳锅庄》中有“舞态回环抑复扬”的描述。在李心衡记录金川风情风物的著作《金川琐记》中，专有一节写到跳锅庄：“俗喜跳锅庄嘉会，日里当中，男女各衣新衣，合包巾帕之属，罄家所有，杂佩其身，以为华赡，男女纷沓，连臂踏歌，俱欣欣有喜色，腔调诘诎，无一可解，然观其手舞足蹈，长吟咏叹，又似有一定节奏……”这位汉族文人的记载颇有趣，他老先生不懂藏语，固然听不懂他们唱些什么，至于舞蹈形态，除了“连臂而歌”，他也体会不到那种踏步独特的节奏美感。

我不能断定他们写的特指马奈锅庄。马奈锅庄与整个嘉绒藏区的锅庄，并没有什么本质的不同。我们还是应该把马奈锅庄放到整个嘉绒锅庄的体系中来考察。当然，我们可以把马奈锅庄看作嘉绒锅庄的重要源头或精华。有一首锅庄词唱道：“采蘑菇的时候，不要忘记了生长它的土壤；跳锅庄的时候，不要忘记了产生它的地方。欢乐的锅庄来自哪里？上游马奈是它的家乡。”

在马奈乡的“马奈锅庄”讲习所，我又仔细观看了那些关于这种舞蹈的历史、形态特征的图片实物展示。我想，就算我这里用华丽的文字，再来把相同的内容描述一遍，对于读者来说，并没有什么特殊意义。对于金川熟悉这种舞蹈的读者，他们会觉得我的文字是苍白的，而对于不熟悉这种舞蹈的读者，他们也很难从文字中找到为之怦然心动的感觉。如果谁想了解这种舞蹈的知识，那就请教“百度先生”好了。当然，如果要从高深的学理上考察“马奈锅庄”，不妨研读李菲博士的论著《嘉绒跳锅庄》，这部专著让我感到惊诧：一种诉诸肢体的舞蹈，居然被她从人类文化学的角度解读得那么深奥。

说内心话，尽管马奈乡的最高长官王庆华先生亲自为我担任解说员，我也无法感受到马奈锅庄鲜活的魅力。“纸上得来终觉浅”，古人的话是千古不衰的箴言。

我向王庆华先生提出一个小小的要求，请一两位会跳锅庄的美女来教舞，他说年轻的美女都离开这偏僻的山村，外出就学或打工去了，“资深美女”可以找到几个，吃过中午饭可以请她们来教你跳锅庄。

正说着话，忽然听到有音乐声传来，转首一看，对面是乡中心实验小学，孩子们正在伴随音乐跳舞，这里学校的课间操是用跳锅庄舞来代替的。但孩子们是散开的，不是正式的跳锅庄形态的手拉手式的圈舞。而舞步和甩手的姿势，却是十足的锅庄味道。我兴味十足地欣赏着孩子们的锅庄课间操。孩子们看到一个陌生人眼睛盯着他们看，用手机拍照，在踏步、甩手的同时，稚嫩的脸上露出几分腼腆的笑意。学校教导主任走来，知道我是来采访的作家，就说这不是正式的锅庄舞，如果我要看，她组织孩子们为我表演一场。

太好了。于是课间操变成了为我特意展示的锅庄舞。十多个女生组成一队，十多个男生组成一队。这仍然不是正式的锅庄舞的形态，孩子们只是向我呈现锅庄舞的一些基本样式。马奈锅庄分两种，一种叫大锅庄（藏语：达尔嘎底），一种叫小锅庄（藏语：达尔嘎则）。大锅庄只有在盛大的节庆或举行某种隆重的宗教仪式时，才会举行，其特征是跳舞者须按照要求盛装出席，人数众多，场面宏大，端庄隆重，气势壮阔；而小锅庄则属于民间自发舞，随时随地可跳，人数场地不限，三二人，树下、河畔、石间，青年、老年、男女，可随性起舞，表达收获的喜悦、婚庆的快乐、爱情的狂野……小锅庄是藏民们日常生活的一部分。

其实，两者之间并没有截然的分野，从本质到形态都有相互交融的地方。舞者都是嘉绒藏民。他们信奉同一种宗教，生活在一个特定的区域，锅庄是他们表达情感信仰的肢体语言。

在舞蹈开始前，举行授帕仪式，女领舞向男领舞献哈达，没有哈达就用一方手帕代替了。此时男领舞要双脚下蹲，行三拜之礼。这一小小的动作，最能说明嘉绒锅庄带有古东女国崇尚“女尊男卑”的独特风情。孩子们的锅庄表演让我痴迷，我几乎想扔下手中的拎包，也插入到孩子们中间，与他们一起踏步、甩手、歌唱……让我感到诧异的是，那个领舞的小女生，纯朴漂亮且不说，肤色之白如同直射的阳光令人炫目。她让我想起了金川山间看到的雪梨花，花瓣上覆盖着尚未完全融化的有些晕黄的雪，白皙的花瓣隐现丝丝若有还无的红色脉络，在料峭的三月寒风中颤颤悠悠，柔弱却又倔强……

这里的海拔高度有三千多米，由于紫外线的照射，人们的皮肤普遍黝黑。但居然也有肤色如此皎白的女孩，可以化紫外线为增白的营养素，简直令人不可思议。这更让我相信，乾隆年间出生在这里的美女阿扣，人们描述她的肤色如何如何嫩白是可信的。

四

写锅庄，为何要写到乾隆年间的美女阿扣？因为美女阿扣把嘉绒锅庄的美和魅力，推向了极致。而阿扣又把锅庄赋予她的美渗透到嘉绒山脉和流水之中。这样一种美产生的辐射力，曾经改写了金川的历史，影响了嘉绒藏区从土司头人到藏民的命运。

生活在金川马尔邦的年逾古稀的老人张诗茂，只要你跟他谈嘉绒历史，谈锅庄，他必然要谈到阿扣。因此，阿扣是本文绕不过去的一个重要人物。而写到她，笔者的热血几乎也要飞扬起来了。阿扣并非纯粹民间传说中的人物，在清代的野史中曾有文字记载。最著名的是那篇作者不详的文章《金川妖姬志》，此文被国学大家辜鸿铭发现，编入了《清朝野史》中。

写此文的显然是清代官员，语含贬抑。“姬”虽是古时对妇女的美称，但连上“妖”，就有些不那么友好的意味了。不过，从另一面也可理解成，此女是具有怎样的诱惑力。在《聊斋志异》中有很多可爱的美女，也是由动物成“妖”成“精”演化而成的。因此，“妖姬”二字，并不会让我对阿扣产生任何的不良感觉。

美女不罕见，美而近乎“妖”，则是百年千年难遇的极品。在嘉绒藏民心中，阿扣是圣洁无瑕的，他们称她为“玉观音”。传说她原是观音菩萨莲花座前的一个玉瓶，沐浴日月精华而转世投胎到人间。

阿扣是如何美呢？皮肤嫩白到何种程度呢？或用现代人的话，她是如何性感呢？遗憾的是那个年头，没有照相技术，藏区也没有画师，无法让我们从图片或画像中一睹她的芳容。我想，用已有的词汇诸如“倾城倾国”“沉鱼落雁”之类来描述，不会让人有什么直观的感受。这类形容美女的词用得实在太烂了。龚自珍用诗句描写一位他心仪的美女：“一队画师齐敛手，只容心里贮秾春。”是说一队技法高超的画师，面对那位美女不知从何着笔。色彩和线条，难以描画出她美的神韵。《金川妖姬志》对阿扣姿色的描述也仅两句：“两颊如天半蒸霞，肤莹白为番女冠。”究竟是如何美，我也寻觅不到更精确的语汇，但可以用事实来呈现——

土司头人，为获得她的“美”，不惜刀枪火拼；

大清帝国的将领见了她，敢于将皇帝老儿的圣谕弃之一旁，而将她的枕边风，视为最神圣的指令；

为了她，达官贵人竟愿意爬狗洞钻沟壑斯文扫地；

那些驰骋疆场的清军将士，见了她，举刀剑的手臂忽然酥软，登马鞍的脚失去知觉……这样的女子可以“秒杀”世间所有男人，所向披靡，横扫千军！

她的美与她高超的舞姿又是相伴相随的。锅庄舞自然是她的拿手好戏，独舞也自是一绝——

她的舞姿，曾经牵动了整个嘉绒藏区土司和藏民的目光；

她的舞媚，曾经使一场血雨腥风的战争变得诡异莫测；

她的舞影，曾消弭了征讨方和被征讨方的刀光剑影……

金川有此女中极品，是否与这里曾是古东女国的地域有关？有待考证。但我从民间传说和有关史料上看到，古东女国盛产美女，曾经美女如云。其中有什么奥秘？著名藏学专家李茂先生提供了一个说法，公元六、七世纪，东女国最早存在于西藏昌都地区，“专家们通过在中路乡克格依村的考察，一致认定：公元八世纪末，东女国王室发生内乱，男人篡夺了王权，女王冒着生命危险，携带旧僚巧妙逃离到金川，并在金川人的帮助下恢复了王室，东女国因此在金川复兴。复兴的东女国曾辉煌一时，但很快被历史的长河淹没。其直接原因估计是女王自己造成的：女王有一个让生下来的女子十分漂亮健康的祖传秘方，因此国内美女如云，周围其他国家为了争夺这些美女，搅得东女国鸡犬不宁。据传乾隆皇帝打金川导致古东女国的最后灭亡”。

世界上居然会有这样的秘方？能够在服用后生出漂亮女子来？如果放在今天，世界首富不是比尔·盖茨，而是这位女王了。但常言：最美丽的最危险。东女国的美丽药方，成为葬送自己命运的“毒药”；而阿扣年仅29岁，就魂归天国……

金川阿尔邦的老人张诗茂对阿扣的早夭有他更为深刻的看法：美，不是阿扣的错；而是那些臭男人太贪色了。他们无一不是好色之徒。

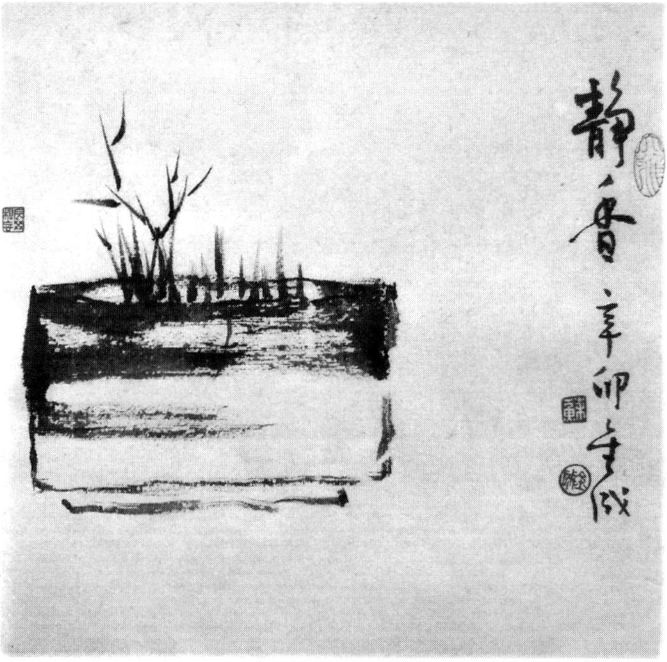

《静香》　苏金成

五

世界上最悲催的是什么？美的毁灭！

阿扣姑娘29岁死于非命，是流传在嘉绒藏区的最为悲催的故事。墨尔多神山曾为之垂首，金川江水曾为之泣血，琼鸟的羽毛曾化作漫天飘落的雪花……

乾隆皇帝派兵两征金川，曾是他一生最为得意的十大武功之一。第一次派兵征讨金川与阿扣有关，而战争的终结也与阿扣有关。从乾隆十一年（1746）至乾隆十四年（1749），这场战争历时四年，在金川这个弹丸之地上，清廷共用兵75000人，耗银2000余万两。虽说战争的引发和进程都与阿扣有关，但战争引发、耗时、耗力、耗财的责任，却不应归罪于阿扣。

美丽——难道也是一种错误？

阿扣，其名在嘉绒语中含义为“心肝宝贝”。她是大金川土司莎罗奔的女儿，因其天生丽质聪明伶俐，而得到整个族群的宠爱。在藏区土司中，他们相互间通过联姻而扩展自己的势力范围，几乎是最为老套的方式，无论是儿子娶妻，还是女儿择婿，精心选择的对象，大都与爱情无关，而跟家族势力的扩展有关。因此，土司家族的兴衰，就常常与这个家族男人精子的质量、数量成正比。妻妾成群对于土司头人不难，但要生出一窝窝强悍的儿子和美貌女儿来延续家族的兴旺，却常常不是主观能控制的。

阿扣的命运也受到这“土司思维”的影响。看起来上下人人都爱她，但却无人尊重她心中所爱。她按照父母之命嫁给了小金川土司泽旺。魏源在《乾隆初定金川土司记》中记载：“莎罗奔以女妻泽旺。泽旺懦，为妻所制。”这里对泽旺的描述，只用了一个字“懦”。甭管我们对这个字如何理解，反正事实是阿扣不爱泽旺，导致夫妻不和。现代学者称，阿扣因对丈夫不从，而遭到百般凌辱。魏源说泽旺“为妻所制”未必是实际情况。阿扣回娘家告状，莎罗奔则勃然大怒，派人将泽旺劫持到大金川，并夺其印信。这下事情就闹大了，家事演变为国事。大、小金川土司，都是朝廷命官，岂可相互吞并？乾隆闻奏大怒，下诏云贵总督张广泗率兵征讨大金川。官军分两路打金川，一由川西入攻河东，一由川南入攻河西。且说金川一带地势险峻，易守难攻，土司武装人员又可据“碉楼”作抵抗，虽说张总督三万兵马，却损兵折将，劳师靡饷，持续两年多，久攻不下。皇帝急了，又派大学士纳亲视事，并重新起用大将军岳钟琪，“以提督衔赴军自效”。这三位高级文臣武将，在征讨金川过程中，因各种机缘被阿扣所迷，他们的心思不在如何平定金川上，而是绞尽脑汁要将阿扣的玉体拥入自己温软的褥衾内。这三个男人围绕一个女人之间发生的明争暗斗，足可写成一部长篇小说，笔者不想在这里废太多笔墨。这里，只提供几个在阅读史料时映现在脑中的场景：

——岳钟琪至张广泗大营视察，发现张总督正在营帐中，一面享受美酒佳肴，一面正观赏美女阿扣的舞姿。阿扣跳的是什么舞呢？锅庄？某种自创的独舞？是什么舞或许不重要，只要是阿扣的表演，无人不被醉倒。

——阿扣对岳钟琪情有独钟，夜里带着使女逃往岳钟琪大营，被岳钟琪藏于深山丛林中，两人频频幽会，岳将军哪里还有心思打仗。

——纳亲大人派人察知后，将阿扣诱至自己帐下。大学士一见阿扣即两腿酥软，似乎以往的人生皆白白度过，天高皇帝远，且先喝了这杯“美酒”吧。

——岳大将军为重新夺回所爱，夜里只带数骑，潜往勒乌围密林中袭取阿扣，未想到被莎罗奔的巡逻兵发觉并扣留，岳大将军贿赂看守士兵才得以逃脱，连爬带滚，逃回本营，斯文扫地且不论，还差点掉了脑袋。

……

请读者通过这些简短的文字来想象一下，再现一下这些文字背后的细节和意味，会比我来描述更精彩。比如那个岳大将军，侥幸从莎罗奔士兵看押处逃出时，该是如何地狼狈、猥琐？那个威风八面、驰骋疆场、一呼百应、道貌岸然的大将军，为了一个女人，居然颜面尽失，堕落成鼠辈。呵呵，真是可怜而又可笑啊！

在这几位朝廷命官中，最让我感到可恶而不能容忍的乃岳将军也。请看下文。

六

这场关系错综复杂的征讨金川大战，与阿扣有关联吗？有，也可说没有。

阿扣的美，延缓了战争的进程，客观上起到了救护乡亲们被官军屠戮的作用。可这场战争的结束，却以阿扣生命的终结作为代价。如果这类事情，发生在白居易生活年代之前，他的《长恨歌》的主角，不会是大唐贵妃，而应是这位阿扣了吧？

再说岳钟琪，岳大将军。

在清军征讨金川久攻不下，皇帝对军情实况疑云重重之际，这位岳大人将军情密奏乾隆，其结果是皇帝大怒，“掷尚方宝剑斩张广泗于御前，并赐纳亲速死”。此二人死不足惜，关键是由此而置阿扣于死地。皇帝派大学士傅恒赴金川军营，挂帅升帐，第一件事就是“立斩阿扣”。据传，在阿扣被斩时，天空愁云惨布，似有一口黑色的巨大的铁锅要倒扣下来。“索乌山男女二神着金盔金甲立于云端，双目如电，怒视刑场，吓得刽子手弃刀而逃。傅恒见状也吓得魂不附体，遂焚香祷告，亲自斩阿扣于营前。”

这个岳大将军为了自保，为了洗刷自己的罪责，竟借皇帝之手，残忍地断送曾为他付出情感的年仅29岁的美丽的阿扣，这个男人还是男人吗？

从此，嘉绒藏区失去了人人喜爱的“心肝宝贝”、锅庄的领舞人。

七

锅庄的另一位领舞美女，在乾隆二次征讨金川后进入我们的视野。

这里是一片神奇而又神秘的土地；同时，这里又是一片灾难深重的土地。且不论朝廷与藏区土司之间发生战事，就是在土司之间，为争夺地盘，扩展部族势力范围，也经常发生战乱，导致相互杀戮。

乾隆二十八年（1763），因金川大小土司之间战乱不断，清廷第二次派兵征讨金川。这仗前后打了十三年，至乾隆四十一年（1776）才结束。清廷投入兵力近二十万人，耗银7000余万两，阵亡官兵27500人，而大、小金川幸存民众也仅剩万余人。原本牛羊满山坡的繁茂山寨，成为人迹罕至的荒芜僻壤。

乾隆这次征讨金川战争进程中，并未有美女卷入。在战争结束后，出现了改变部落命运的又一位美女，她的名字叫阿凤。关于阿凤行迹，未见有明确的史料记载，但是她的天生丽质以及改变部族命运的行为，却刻印在世代嘉绒藏区百姓的口碑上。

战争虽然结束了，对于嘉绒藏区的百姓却进入了另一种磨难。这种磨难带来的精神和肉体的双重折磨和痛苦，并不亚于兵戈杀伐。为使金川地区不再发生战乱，皇帝对居住百姓的种族进行了分流改造。很大一部分金川藏民被迫离开故土，被押迁至北京的郊区，安置在香山法海禅寺南沟阳坡上，让他们住在“孤燕檩单椽子”的简陋寨子里，地位列在八旗之下，将他们当作最劣等的奴隶对待。据传，还令人诅咒这些曾与官军作战的藏民两百年后灭绝。可以想象，这些远离故土，生活在遭受歧视、辱骂、陌生环境中的普通藏民几乎日日以泪洗面。

改变他们命运的是一个偶然的机缘。乾隆到香山八旗兵营观看将士操演，夜宿香山行宫。晚膳时，令宫女歌舞助兴，可那些慵懒惯了的八旗女子，实在表演不出像样的歌舞来。有人推荐金川藏女阿凤，称她美若天仙、能歌善舞，这个风流皇帝神经立马就兴奋起来。接下来的场景，未见有任何史料描述，只能凭借我们的想象了。阿凤是如何美？阿凤和她的女伴表演了哪些歌舞？其中有未表演嘉绒藏区最有特色的锅庄？在群舞和圈舞后，是否表演了她自创的独舞？这些其实都不重要，反正阿凤凭借她的姿色和出色的歌舞才能，彻底把皇帝的心俘获了。皇帝端起的酒杯，忘了往唇边送了，眼睛随着阿凤的舞姿旋转。从这一晚起，“六宫粉黛无颜色”，皇帝独钟此阿凤。

这位风流大皇帝显然真的痴迷阿凤独特的风情无法自拔了，他不满足于一夕之欢，居然要违背不得与外族通婚的祖训，要册封阿凤为妃。对此，那些维护满人族规的大臣激烈反对，皇帝大怒，执意要将阿凤纳入宫中，让她成为正式的宫妃成员之一。有大臣在祖训与皇帝的欲求间寻求平衡，献妙计曰，先改阿凤所住的寨为正黄旗小营，阿凤成为上三旗的女子，皇帝就可以迎娶阿凤为妃了。于是，阿凤就名正言顺地成了乾隆的宠妃。

金川藏民地位的提升，得益于阿凤。而藏民生活的改善也得益于阿凤。当乾隆在枕边问阿凤有什么要求时，她不求位，不求宝，不求宠，只提出请圣上善待她的那些父老乡亲。乾隆当即应允，将金川藏民的正黄旗营寨迁至沟北阳坡，为他们重建了新居，并特意建石碉，满足他们的思乡之情。金川藏民因阿凤的“枕边风”而过上了正常人的生活。可以想象，阿凤在金川百姓心中的美，就不仅仅是她的肤色如何，五官如何，舞姿如何了……

她是金川藏民心中的又一尊“玉观音”。

写到这里，笔者突发奇想，如果清廷官军第一次征讨金川，乾隆皇帝能够亲率大军前往，圣上就有机缘目睹阿扣那无法抗拒的风姿，那么战争的进程可能会完全被改变，金川藏区百姓的命运大概也会发生我们意想不到的结局吧?

可以断言，这个风流皇帝在面对一位千载难逢的美女时，不会比他手下的那几位大臣更理智。由于皇帝拥有至高权力，那些将军、大臣，无一人敢与皇帝争宠；阿扣的锅庄、“枕边风”，也一定能左右皇帝的意志，从而消弭那场战争带来的祸害；阿扣自身的命运无疑也会发生变化……

八

面对这片土地上的战乱与灾难，面对那些在苦难中仍然生生不息的生命，我愿对苍天一遍遍地祈祷——

愿人间化兵戈为“锅庄”。

愿人间永远只有“锅庄”，而无杀戮。

生命对每个人都只有一次，都是无比珍贵的。虽说每个人都是时光长河中的匆匆过客，但我们应该相互呵护，让生命在宇宙循环自然生态中走完她应有的旅程。

让我们挽起手臂，跳起心爱的锅庄，让爱与快乐永驻心间!

马奈乡王庆华先生真的为我请来了锅庄的指导老师，几位“资深美女”。她们都是面容慈祥的大娘。还有几位“资深帅哥”，他们是几位满脸褶皱的老汉。跳锅庄必须有男女两队人，围圈而舞。两位老汉，从两旁握着我的左右手，他们的手厚实温暖，对面是两位大娘。随着一声口令，我们一边清唱一边跳起来，歌声飘荡在溪谷山涧。很长一段时间，我的双脚踏步总无法与他们的节奏吻合，但快乐的阳光洒在每个舞者的脸上……

退思园主形迹考

估计这标题，会吓退一部分读者。因为，看了标题，有人以为是篇正统的学术文字，适合发到某个核心理论期刊去。非也。笔者在这里只是有点故弄玄虚，或者叫“悬疑”罢了，并非真的想“考证”什么。但拙文的关注点在“退思园主”，而非退思园，却是真的。当然，两者又如何能截然分开。

到同里，退思园是必看的。退思园是同里诸多人文景观中的“招牌菜”。同里的女孩陆彩娟喜欢用“第一美女”来比喻退思园。“美女”在当下已经被用得太俗、太滥了，反而容易让人引起某些不美的联想。但是“美女”前面的“第一”却是当之无愧的。岂止是同里“第一”，在一部由东南大学出版社出版的论著《江苏古镇保护与旅游发展研究》中，称“同里的退思园、惠山的寄畅园都是江苏古镇园林府邸的典型文化表征”，紧接其后，还有一段对退思园的简短的描述文字：“退思园建于清光绪十一年至十三年，是晚清风格的江南水乡私家园林，园林占地仅九亩八分，精巧构思，小巧精致，亭台相映，素静淡雅，布局独特，亭、台、楼、阁、廊、舫、桥、榭、厅、堂、房、轩俱全。园林以池为中心，格局紧凑自然，建筑与自然环境协调，一年四季，不同景色，赏景怡情，各具诗意。” 愚以为，此段文字既适合于退思园，也几乎适合于江南所有的私家园林，并未将“退思园”的独特之处彰显出来。

对于江南的私家园林，我们还可以用类似的比喻来描述它们的共性，如：它们是江南景观的缩微雕刻，在方寸之间可尽赏江南美景；江南园林是凝固的昆曲，而昆曲是流动的江南园林……同样，如果粗略地看过去，你会发现，周庄、同里、乌镇这些江南古镇，似乎大同小异，看过一处，也就可以把所有古镇“代表”了。只有那些细心的观者，才会在细细品味中咂摸出它们之间那些精妙独特的个性所在。

也因此，笔者把关注点放在退思园主，而不是跟随其他墨客再把退思园描述一番。虽然，钱钟书先生说过类似的话，你喜欢吃鸡蛋，那就享用鸡蛋的味道和营养就是了，不必非要看看鸡长什么样。先生以此理由婉拒媒体的采访，仔细推敲起来是有问题的。吃鸡蛋的人，不可能不关心下蛋的是什么样的鸡。是圈养鸡、散养鸡、山鸡？还是乌骨鸡、狼山鸡？鸡的品种关乎鸡蛋的味道和营养价值。鲁迅先生曾表述过与钱钟书不一样的意见，他认为研究和欣赏一位作家的作品，最好同时也读读他的传记之类介绍身世的文字，才可能加深对作品的理解。

品赏退思园，岂可忽略造园之主乎？大量的观者，恰恰是只看到表象，而未进入其内核。只有进入园主的内心世界，才能更好地体味园内一花一草、一石一木，所承载的人物情感意味。

在梳理所搜集到的各种关于退思园主任兰生的素材时，便发现多种自相矛盾而缺乏实证的说法。比如说，任兰生入仕是通过科举考试，还是清代另一种入仕的途径——捐纳？任兰生被人弹劾削职还乡，是因为镇压捻军不力，还是因为贪腐？他造此园，有人说耗银十万两，此数字依据何在？园主后又重新出山担任官职，是因为左宗棠的保举，还是另有缘由？园主是在什么心境下造此园，而园子的构思布局又体现了园主的何种理念？园子的设计者是何人，他与园主是什么关系？深入进去，便发现有许许多多的问题需要拉直。听闻，吴江已有专题研究组在从事园主有关生平的研究。太好了。如果笔者在此文中的思考，与课题组研究最终结果有相悖之处，请以权威的研究结果为准。

笔者除了查阅史料，还走访了两位最有可能掌握关键资料的当事人。一位是镇上唯一的任兰生家族后裔、已88岁高龄的任大钧老先生；一位是同里镇也已年逾七旬的老书记计东生，他从书记岗位上退下来后，一直负责主修镇志，致力于搜集各种史料，他手头应该有较完整的关于同里的史料。任大钧老先生是任兰生家族的第四代族孙了，他承认他所掌握的关于任兰生的种种说法，也是口口相传下来的，难以作为信史的凭据。但他曾经亲历的事实，应该相对比较可靠。他曾看到，任家有一本翔实的家谱，还有许多记载任氏家族事迹的材料，全都是线装书，还有许多先人的画像，装满了整整一个立式木柜。遗憾的是“文革”期间这些资料全部被造反派作为四旧材料，一把火化为灰烬。因此，今人要找到有关任氏家族的文字记录，除了老的镇志中有寥寥数语，确实是非常之难。

笔者想了解的第一个问题是，园主任兰生是通过何种途径进入仕途的。在任兰生宗侄任传济写的《退思园修复记》中，用了这样的字眼：“退思园始建于清光绪十一年（1885），园主为清赐内阁学士……”这个“赐”有点语焉不详，清廷因何特殊因由，会“赐”给他一个官位？而由上海文艺出版社出版的《吴江名人录》中，对任兰生有数百字的简介，对此无任何说明。这个问题在新修的《同里镇志》第二十三卷《任兰生年表》中有明确记载：“同治三年（1864），27岁。夏，偕妻兄陆策三由河南赴京应试，未中。冬，以捐升候选同知（正五品）拜见安徽巡抚乔松年，当时英翰为藩司任兵事，……委其任职皖军前敌营务处，驻颍州。”从这里，可以确定，任兰生是通过“捐纳”而进入官场的。采用“捐纳”方式担任官职，在清代是一项增加财政收入的政策，并不丢人。很多人是通过此种途径入仕的，其中也不乏优秀人才。至于此项政策因弊大于利，后被废除，不是本文需要详述的。

第二个核心的问题是，任兰生是因何种原因被弹劾削职的。这跟他退职后修“退思园”直接相关。一种说法是他在军中，奉命追杀捻军不力，另一种说法是因“任安徽地区的高级军事将领，监管部分地方海关和财政……被政府撤职”。后一种说法，隐含了任兰生解职与贪腐有关。哪一种说法更为可靠呢？对此，新修镇志《任兰生年表》中，也有明确说法，此“说法”源自民国十年编修的《同里乡土志》。光绪十年（1884），任兰生47岁时，任安徽按察使（正三品），实际岗位仍是安徽凤颍六泗兵备道。在此任上，内阁学士周德润上诉状《安徽厘税积弊》，“参劾任兰生盘踞利津，营私肥己，此案涉大小官吏50余人”。在第二年正月，任兰生被解职候处。朝廷派钦差大臣户部尚书崇绮、内阁学士廖寿恒前往核查。结论为，“所参劾条款皆不属实”。但这个结论后又拖了一条让人不明就里的小尾巴，“光绪七年留用革

《淮上家山多苍茫》 苏金成

职书办屠幼亭之事为知情者徇隐，建议诏交部议革职”。从这里可以肯定地说，任兰生被革职，既与镇压捻军无关，也与“营私肥己”无关。但朝廷还是找了一个小小的理由，把他的顶戴花翎给摘了。从《任兰生年表》看，任氏在官位上尽职为民，有良好的政声。在他被革职后的光绪十三年（1887），山东巡抚上书奏任兰生在山东等省份遭遇灾害时，倡捐救灾，“叩请圣上恩施给兰生开复原职”，以及同年安徽士绅筹银8000两，代其遵照先例捐复官职，也是非常有力的佐证材料。

于此，我们清楚地知道了，任兰生确实是蒙受了不白之冤而被削职回归故里。其人肚子里有一肚子怨气，但还得表现出“圣上明察”的认罪态度。因此，回到同里后，他开始筹建“退思园”，其含义为“进而尽忠，退而思过”。造这园子，他不是用来颐养天年、享受快乐的，而是为了静心反省在供职期间的过错。但“错”在何处？笔者未看到园主给我们留下任何反思过错的文字记录。而他几乎时时刻刻想的是，有朝一日“罪名”被洗白，在有生之年还能为朝廷尽忠效力。这一点，从两年后有人为他捐职，他马上出山，可以证明。

这个退思园的构造，无处不体现了园主复杂的心态。

首先，看园子的占地面积。虽然，园内具备了江南私家园林构造的所有元素，但整个占地面积并不大，只有九亩八分地。任家祖上传下来的地有数千亩，而任氏只用很小的面积来造园，原因何在？一句话，戴罪革职之人岂可大肆铺张？其次，从园子的门脸看，白墙黑瓦中镶嵌着两扇普通木门，仅从外表看，一点也不像大户人家的宅子。这又为何？收敛低调啊，不想张扬啊！难道要让老佛爷看出，他确实家有万贯，给人留下曾“营私肥己”的把柄吗？园子依池塘向东扩展，我的看法是，主人看中的是一方天然池水，依水而筑，正体现了中国道家思想中水利万物而不争的理念。同时，是否还有园主企图背水而生，不想给自己留退路的心态呢？走进园子看看，从南向北只有三进，门厅、茶厅、正厅，如果仅仅到此，这样的宅子，在江南只能算非常普通的殷实人家的住宅而已。但这园子，独特在由西向东扩展，渐渐开阔，而至气象万千，让人不断有“柳暗花明又一村”的惊喜。亭台楼阁、廊舫桥榭、水石花树，次第呈现。而那些对各类景致的命名，也非常令人寻味：“闹红一舸”，寓春；“菰雨生凉”，夏至；“红枫金桂”，秋色；“岁寒三友”，冬也。从春到冬，步移景换，繁华落尽，人生终究渐渐悲凉寒风入骨，有谁能逃脱这人生的宿命？但主人似乎心有不甘，后花园池中，那艘向东偏北正破浪前行的石船舫，向我们泄露了主人企图东山再起的雄心……

这园子的一石一瓦，各种精心构思布局，处处都是主人心情、心绪、哲思的具象化。任兰生的官职政绩，在历史上谈不上有特别值得称道之处，与他类似的官员，各朝各代可谓多如牛毛。在正史野史中，都不会留下任何痕迹。但这也许并非他特别看重的一座“退思园”，却成为中国乃至世界园林史上的精妙一笔。得意时，他被弹劾；失意时，他筑造出堪称艺术精品的江南园林。人生之得失，大概戏中之人也难以看清。

笔者在搜寻任兰生造园形迹时发现，协助他造园的是当地著名画家兼设计师袁龙。而这位袁龙先生的设计理念是承袭了出生在同里的先贤、明代江南园林设计大师计成。这位计成先生太不起了，他的专著《园冶》，是中国最早系统阐述江南园林设计、建造理念的著作，堪比文艺理论中刘勰的《文心雕龙》。这样一部建筑史上带有里程碑式的著作，出自同里乡人，其价值恐怕远远要超过退思园了。退思园只是其建筑理念的一个标志符号而已。郑元勋在该书序言中论述计成造园理念时说："是惟主人胸有丘壑，则工丽可，简率亦可。否则强为造作，仅一委之工师、陶氏，水不得潆带之情，山不领回接之势，草与木不适掩映之容，安能日涉成趣哉？"由此，我们可进而体味退思园的价值所在。也就会理解，为何当下某些富豪也热衷造园，买来大块地，搬来许多石头，移来许多古木，乍看应有尽有，但徒有其表，唯一缺少的却是一种内在的魂魄。

我们为同里有列入世界文化遗产的退思园骄傲，更为同里诞生了计成这样的造园大师骄傲！

山海之间思陶公

友人邀约去看山。去何处？中国的名山大川很多，最有名的当然要数黄山、泰山、五台山、武夷山、庐山、峨眉山等。友人答，皆不是，是去连云港的海上云台山。第一次听说有此山，有什么好看的？记得多年前去过连云港，知道连云港有一个花果山，传说孙悟空与群猴快活聚居的处所就在这里。于是慕名前往，却与想象中的花果山和吴承恩笔下的花果山怎么也对不上号。此山的高度、状貌，与齐天大圣一个跟头十万八千里、敢与玉皇大帝叫板的英雄气概，实在相去甚远。猴哥怎会选择这样一个高不过区区数百米，既无险峻可言，也无“仙女”陪伴的处所，做它的“山寨大王”？

不过吴承恩小说中的花果山，是否就是此花果山，无法考证。小说本来就是虚构想象出来的，没必要非与实地情形相比照。如今再去闻所未闻的海上云台山，又能看些什么？从山脚观其全貌，确实无特别之处，与国内顶级的名山大川比，如此数百米高的小山，只能算丘陵地带的一座小山包罢了。等到步入法起寺，再登观海台，又入陶渊明文化园，精神倏然为之一振，对海上云台山不得不刮目相看了。常言：山不在高，有仙则灵。有陶公遗迹在，有陶公千古诗文在，云台山自是非同寻常了，与其他山相比自然就有了独特的人文内涵。

陶渊明与云台山的关联，是有实实在在的诗文可以佐证的。陶公著名的《饮酒》诗之十写道：“往昔曾远游，直至东海隅。道路迥且长，风波阻中途。此行谁使然，似为饥所驱。倾身营一饱，少许便有余。恐此非名计，息驾归闲居。”诗中第一句写到的“东海隅”，宋代指“东海郡”，正是指云台山这一带。彼时，陶渊明随同刘牢之率领的晋朝廷军队，讨伐叛军孙恩到此，住过一段时间。在南唐诗人李中和苏东坡的诗中，也能寻找到陶渊明曾到“东海隅”即今海上云台山的线索。到了清道光年间，一位陶家族系后人名陶澍者做了大官，先后任两江总督、兵部尚书兼都察院右都御史，著有关于陶渊明的书籍《陶渊明集辑注》《陶氏世谱》等，对陶渊明随刘牢之来云台山还曾做过专题考证。陶澍先后两次来海上云台山一带，并写有大量诗文。他在第二次来云台山后，向道光皇帝面报在“东海郡”考察的情形，皇帝听后大悦，谓“此境与桃花源何异?”

因为道光的这句话，陶澍通过各种方式，便将陶渊明笔下描述的如仙境般远离世间纷乱的“桃花源”，与云台山联系到一起了。这当然有些牵强，不能作为学术考证的依据。但是，《桃花源记》中的很多描述，确实也与这里的地理景观有很多可以对应。说“武陵人捕鱼为业”，说得对啊，连云港的前身就是一个小渔村，这里的人靠海吃海，捕鱼原本就是他们的主业。至于桃花源的发现，也是通过一个“渔人”奇遇来呈现的。文中所写的山口、良田、美池、桑竹，也与这里的某处地貌酷似。我对这样的联想，或进行地理考证，没有什么兴趣。我觉得这样的论证，也无多大意义。身处当下信息爆炸的时代，陶渊明向往的那种与世隔绝的“桃花源”，不仅仅在彼时是一个理想化的梦幻，在今天就更不可能存在了。陶澍为纪念这位陶家的先贤，在云台山法起寺东侧修建了陶公祠，并仿照陶渊明诗文中的描述，营造陶公祠的环境。门前植五棵柳树，于大殿周边遍植桃树。每逢春天，桃红柳绿，如一团团绯红的云缭绕，微风拂过，落英缤纷，真的让人恍若进入桃花源了。遗憾的是，陶公祠因日军侵华的炮火以及后来历史的动乱，被彻底毁坏，其遗迹已不可寻。不知道，今天正在修建的陶渊明文化园，是否建在当年的陶公祠遗址上？

当我登上观海台后，有一个问题始终在我的脑中萦绕。正是观海台，让我不仅对海上云台山的魅力有新的感受，也对陶渊明在诗文中表现出的恢宏的气度和豪放，有了新的认知。那天登临观海台时，金秋温暖的阳光洒在脸上，如美人纤指轻轻地抚摸，天空纤尘不染，居然连一丝丝云彩也无，只见深邃无垠的蓝与碧波浩渺的海相连而浑然一体，让人分不清哪是天空哪是海了。此时，我已经不觉得自己身在云台山，犹如置身在茫茫的宇宙之中，个体只是这神奇博大宇宙中的一粒微尘，在海天间飘浮。此刻，无论是谁，都会顿有心胸开阔之感，宠辱烦恼也会瞬间消失。我想，陶公来云台山，不可能只见溪水、山石、花树，也肯定时时面对大海，是大海给了陶公海一样的情怀，于是他的诗文中不仅仅有远离尘世避乱的意念，也有了忧戚苍生、心怀天下的胸襟。

近代第一位启蒙思想家、诗文大家龚自珍，在辞官南返途中创作的大型组诗《己亥杂诗》中，有三首诗写到了陶渊明。其一：“陶潜诗喜说荆轲，想见《停云》发浩歌。吟到恩仇心事涌，江湖

《湖上疏雨轻如烟》 苏金成

侠骨恐无多。”其二：“陶潜酷似卧龙豪，万古浔阳松菊高。莫信诗人竟平淡，二分《梁甫》一分《骚》。”其三：“陶潜磊落性情温，冥报因他一饭恩。颇觉少陵诗吻薄，但言朝扣富儿门。”读完龚自珍的诗后，颇出我意料。通常在人们心目中，陶公是一位与世无争、超然物外、寄情山水的隐逸之士，而在龚自珍的笔下，陶公却是一位如同荆轲、屈原、诸葛亮般充满家国情怀、心系苍生的豪侠之士，隐逸只是不得已而做出的人生选择。他所处的时代，无法让他的抱负得到施展。鲁迅对陶渊明也有类似的论述。他在《题未定草·六》中说：“被论客赞赏着‘采菊东篱下，悠然见南山’的陶潜先生，在后人的心目中，实在飘逸得太久了……就是诗，除论客所佩服的‘悠然见南山’之外，也还有‘精卫衔微木，将以填沧海，刑天舞干戚，猛志固常在’之类的‘金刚怒目’式，在证明着他并非整天整夜地飘飘然。”在另一文中，鲁迅又说：“陶潜正因为并非浑身是静穆，所以他伟大。”对陶渊明的思想脉络做详尽的梳理，非本文主旨。我这里只是想说明，陶公的思想文化精神，其实与屈原、杜甫、苏东坡、辛弃疾、龚自珍是在一个文化谱系中的。他的追求个性自由的隐逸之态与心系天下的豪情壮志，是筋骨相连的。虽然我们无法论定陶公这样一种胸襟的形成，与海上云台山有什么必然的联系，但我坚信，陶公登临云台山，面对海天一体的辽阔境界，肯定对他的精神人格的形成是有所助益的。

陶公既有猛志，却又为何惧入仕途？正如诗中所写“少无适俗韵，性本爱丘山”，“白日掩荆扉，虚室绝尘想”。

无奈啊！盖因生不逢时，想有所为而不可为也。陶公生于晋末，而辞世于南朝宋初，这是一个内乱不止、民不聊生、暗无天日的历史时段。他的生活居住地浔阳，又处荆州与金陵之间的水陆要塞，为兵家必争之地，更是战祸频仍。虽然在29岁至41岁间，他曾有过几度进入官场担任小官的经历，皆为生活所迫，误落尘网，最终又因无法适应官场的黑暗而回归田园。对于陶公这样的才华横溢、壮志满怀的饱学之士，又身处逼窄黑暗如“樊笼”般的时代环境中，志不得抒，才无处用，作为后人也只能悲歌一曲、仰天长叹了。

从海上云台山归来后，抑制不住地又打开李长之撰写的《陶渊明传》，将上海古籍出版社出版的《陶渊明全集》从书柜里取出，反复品读，时有所感，时有所悟，忍不住要将那些阅读时撞出的火花，随意涂抹到书的页边。那些隽永的诗句，如闪电般超越历史时空，滋润着现代人枯寂的心灵。让我们欣慰的是，历史没有给予陶公立功立业的机遇，但他的诗文烛照千古，冲出“樊笼”，成为一座中国历史文化的高峰。

海上云台山，不仅有山，更有海，山海相连，就有了排山倒海的磅礴；海上云台山，因有陶公遗迹在，诗文在，就有了非同寻常的人文昆仑的高度。

如未到过海上云台山，一定要来看看。而且要记住，务必要到观海台看海，更要到陶渊明文化园来踏访陶公的遗迹。相信来过此山，眼帘映入海天相连的无涯之境，脑幕烙上陶公的人格形象，人生的万般烦恼也许从此释怀，通向未来的路径或许会变得更为宽阔和高远。

红豆树下

在绵密的江南细雨中，我伫立在常熟古里红豆山庄的红豆树旁。当年钱柳共同生活的红豆山庄，已了无踪迹，只余一片废墟，“硕果”仅存的只有这一棵见证了当年钱柳缠绵情史的红豆树。

废墟反衬出了红豆树的古老、沧桑、孤傲、孤独……

我撑着雨伞，夹在数十位观者之中，听不清大家围着红豆树在窃窃私语些什么。有着近500年历史的红豆树，躯干之粗需数人伸臂合抱；虽已经是初春时节，可是它仍然面容枯槁，似有满腹忧愁；它的枝丫挺立，如利刃般直刺蓝天苍穹……

唐代王维的咏红豆诗最有名：“红豆生南国，春来发几枝。愿君多采撷，此物最相思。”可是，江南春雨，却催不出这古老红豆树的新枝；它已经有80年未开花结果，到哪里去采撷红豆？纵有无限“相思”，也无从以“红豆”寄之。远近的男男女女百姓把它视作“神树”，逢年过节，有很多善男信女来树下烧香跪拜，以致香火把树干一侧的树皮熏焦了，当地有关部门不得不用铁丝网把树干围护起来。我想这些善男信女在跪拜时，心中在祈祷些什么呢？他们希望红豆“神树”给他们带来纯真美满的婚姻爱情，抑或不育

《苍山》 苏金成

不孕者希冀“神树”治好他们的生理疾患，让他们的情爱早日结出生命的果子？可是，我总觉得现代青年男女拜错了“神”，象征着钱柳姻缘的红豆树，会给他们带来情爱和婚姻美满的好运吗？要知道，钱柳爱情最终是以令人唏嘘感叹的悲剧而落幕的，而这棵红豆树自身也有如此漫长的时间未开花结果了，它能管得了人间情爱的“开花结果”之事吗？

我收起了雨伞，索性让细雨淅淅沥沥地滴落在自己的面颊上。流连在红豆古树下，我想得最多的还是写出传世史著杰作《柳如是别传》的国学大儒陈寅恪先生。他在谈萌发写作此著缘起时说：“昔岁旅居昆明，偶购得常熟白茆港钱氏故园中红豆一粒，因有笺释钱柳因缘诗之意，迄今二十年……”在史海跋涉20年，用文言文写就、80余万字、厚厚三大卷的《柳如是别传》，让很多人不理解：一位史学大儒为何要耗费如许光阴，为柳如是—— 一位沦落风尘的青楼女子，“出于婉娈倚门之少女，绸缪鼓瑟之小妇”作传？寅恪先生的好友吴宓称，陈写此书“盖藉以察出当时政治、道德之真实情况，盖有深意存焉，绝非消闲、风趣之行动也”。其实，只要熟悉柳如是全部人生经历的人就会明白，寅恪先生为柳如是作传，其意旨不在为钱柳姻缘留下翔实的历史记载，或传播一段轰动一时又为世俗所诟病的爱情佳话，他是要为一位生于国破家亡的乱世，却表现出超凡民族气节和风骨的才女奇女子作传，是为一种伟大的人格魂魄作传。而柳氏这样一种“风骨”，与寅恪先生倡导的“独立之精神，自由之思想”，在血脉、心灵上则是相通的。寅恪先生以此大著“痛哭古人，留赠来者”。我们这些后来者，在面对先生的精神遗产时，是否存有几分愧疚呢？

据记载，在钱牧斋80岁大寿时，柳如是为她80岁的老公在胎仙阁做寿，恰逢红豆树二三十年后又一次花开满树，她从阁前的红豆树上觅得仅有的一颗红豆，作为寿礼呈上，使钱谦益大喜过望。红豆有情，大概这花也不是为钱某人开的吧？钱氏在明灭后降清失节不说，又不听柳氏的反复劝说，弃下娇妻美妾，不愿过隐居生活，非要到清廷去谋一官半职。而柳氏则坚决不肯随同前往，做降臣命妇。没有想到，钱氏到京后未被重用，半年后只好托病回老家。他的仕途失意，成全了柳氏在田园山水间安享夫妻生活的愿望。我坚信，有生命的美丽的红豆之花，肯定是为从内而外皆美洁如玉的柳如是而开的。

世间空余“钱牧斋”，“如是”风骨何处寻？

从柳如是到陈寅恪，昂然挺立、傲视红尘的红豆古树，可以看作是他们最好的象征吗？

我觉得，需要到红豆古树下跪拜的倒是那些缺钙、患“软骨病”的人……

在红豆树矗立的废墟周围，推土机正在发出轰鸣，施工车辆穿梭往来，一座再造的红豆山庄将在这里重现。我担心的是人工再现的雕梁画栋、小桥流水的红豆山庄，加上熙来攘往的红男绿女，反倒把孑然孤傲的红豆古树给淹没了。

我更欣赏它现在的模样，一副卓尔不群的模样！

不知道红豆古树何时能再发新枝？何时能再开花结果？它那古老沧桑的面容，给我带来的是无限惆怅和忧思……

与杜甫草堂为邻

2013年岁末，我以一种“朝圣”的方式，为这一年画了一个最有分量的句号。

承蒙成都市文联的邀请，我有机会到成都参加他们的一个文学活动。不知道是主人的有意安排，还是偶然的巧合，我们的住处离杜甫草堂仅有二十分钟的步程。

还是三十年前，在四川大学读书时到过草堂。依稀记得当时自己就像一个普通游客，匆匆一游，脑子里除了杜甫的几间故居茅屋，就没有更多印象。这次一到成都，我的心里就惦记着去杜甫草堂。据传，邓小平生前先后五次游览杜甫草堂，他说：“杜甫草堂是个好地方，到成都不到杜甫草堂等于没来成都。”我理解他这句话的意思应该是，无论你到过成都多少次，每一次都应该在草堂留下你的足迹，否则，就算没到成都。对此，我还理解为，政治家特别偏爱像杜甫这样的“穷年忧黎元，叹息肠内热”的诗人。

承蒙主办方的恩准，给了我半天机动时间，让我自由活动。我把这半天时光全部奉献给了草堂，并且仍然觉得有些匆忙，留下不少遗憾。我是带着“朝圣”的心情去草堂的。是的，去“朝圣”！

杜甫是中国文学史上的“诗圣”，去杜甫草堂，不就是去“朝圣”么？早晨，我独自一人步行过去。心情愉悦而又充满神圣感。路人指点说，离得最近的是北门。那就从北门进。从住处去北门，要穿过一段车马喧腾的大街。我走在人行道上，低首忽然就发现，我的脚一不小心就踩在杜甫的诗上了。人行道上每隔三十步左右的距离，就有一块方形石板嵌在路面上，上面刻着杜甫的诗。我打开手机的照相功能，便一块一块地照过去。原本如长龙不断的汽车呼啸轰鸣声，似乎在我耳边消失了，我的心顿时宁静下来。杜甫的那些脍炙人口的诗句，让我穿越到了唐代蜀都的古典意境中：“三月桃花浪，江流复旧痕。朝来没沙尾，碧色动柴门。”……身上忽然就有点热，我不知此时是处在寒冬，还是春月？

这是一段虽短却充满诗意的旅程。在到达草堂前，我脑子里曾浮现一个念头：我愿意像圣徒那样，一步一步跪拜着去草堂。我不知道，我如果真这样，会不会被人视为“疯子”？一个精神病患者？路人会不会止步？飞驰的汽车会不会刹车？来围观一个“怪物”？也许成都人是完全理解的。但这念头只能如电火花在我脑子里闪过，我不会将之化作行动，因为我缺少行动的勇气。我无法克服我自己心中的障碍——

一个异常的不合时宜的举动。

我要真诚地说，在去草堂的途中，我确实有过这样的念头，一个完全不带有矫情的念头。

我感觉进入草堂，等于进入了一个新的境界。冬日的草堂依然是春意盎然的。因为，这里的旮旮旯旯都被诗意所充溢。我在花木扶疏的曲径中流连，在简陋的草堂前静静地神思，耳听鸟语啁啾，眼前闪动着诗人枯瘦的身影……一草一木一碑一石，似乎都在向我倾情地诉说着什么，而我——只需要用心仔细地聆听……时光在缓慢而又快速地流淌……

在这里，清风拂面，荡涤着胸肺中的尘霾；浣花溪水，滴灌着干渴的心灵！

在这里，回旋在我脑际的最多的一个问题是：一个普通写作者、文学爱好者，到这里来会感受到什么或获得些什么？我要迫不及待地将我思索的结果和盘托出——那就是我感受到了所有普通写作者与伟大诗圣之间的高山仰止的距离。有些距离肯定是永远也无法消弭的，那么作为普通写作者总应该心向往之，总应该存有敬畏之意。而在我们的周围，我看到太多的是缺少敬畏之心的狂人、妄人、歹人、痞人……

无法消弭的是文学天才与普通码字者的距离。天才心动神驰笔到，普通写作者需要苦熬心血，搜索枯肠；天才见人所未见，写人未能写，写景、状物、叙事，无一不精妙犹如神助，而普通写作者往往眼中无物，笔下呆滞；天才具有持久而强劲的喷发能力，普通写作者或许有时会瞬间迸发或昙花一现；天才的一声叹息、一声呻吟，也许都是一首好诗，普通写作者需要寻寻觅觅、字斟句酌……

天才不常有。无法可比的，我们就不要去比了，因为任何一个人都无法改变自己的基因。那我们就比可以比的部分——为了生存，杜甫在诗中也曾承认有过“朝扣富儿门，暮随肥马尘”的生活，但诗圣的伟大在于他感受到了“残杯与冷炙，到处潜悲辛”的屈辱；毋庸说，庸碌之人，可能陶醉向往于前者的生活，而无任何屈辱感。诗圣的伟大在于，他的笔墨不仅仅在描述“八月秋高风怒

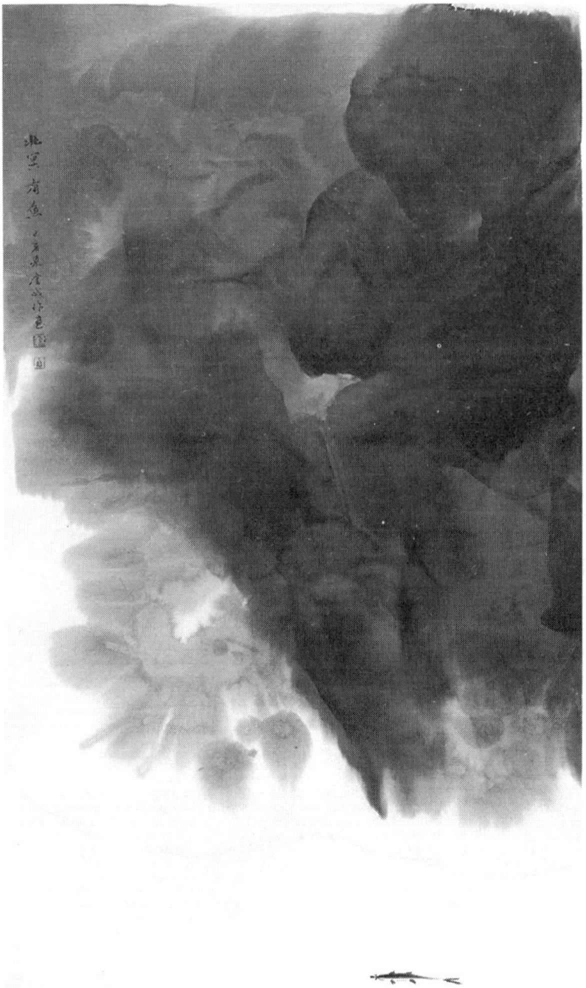

《北冥有鱼》 苏金成

号，卷我屋上三重茅”，更有“安得广厦千万间，大庇天下寒士俱欢颜，风雨不动安如山”的伟大襟怀；而普通写作者，可能仅止于前者，欠缺的恰恰是后者……

好了，我们该明白了，成就伟大诗人的两个最重要的元素是——天才加襟怀！

同时，在草堂里我还感悟到：伟大的诗人和作家，并不是某几个专家“钦定”，从此就伟大就经典起来的。从杜甫草堂的历史变迁中，就可以深切地感受这一点。由于自然的风吹雨蚀，更由于无数的兵戈战乱，草堂一次次地曾被毁损殆尽，但一代又一代的百姓和文人雅士们，进行了无法计数的重建和修葺工作，“思其人而存其处”，他们以此来表达对这位伟大诗人的崇敬和缅怀之情。草堂的不朽实际上是诗人不朽的标志物。我们完全不必去考证，当初杜甫居住时草堂的原始模样。我们只需知道，诗人杜甫曾在此结茅而居就够了。

说到对杜甫的热爱，不由得让我想起另一位天才的文学家、批评家金圣叹。金圣叹对杜诗极为推崇，将之列为他要毕生完成评点的六大才子书之一。这是两座在不同领域比肩而立的山峰。金圣叹赞誉杜诗为“千古绝唱”。他对杜诗痴迷到何种程度呢？为方便披阅，凡常去之亲友处皆置杜诗一部，以便兴之所至，即可随手评点。遗憾的是，由于命遭不测，他未及完成对全部杜诗的评点，只评点了两百多首。至于对杜诗的评价，最经典的莫过于元稹在杜甫的墓系铭中所说，“至于子美，盖所谓上薄风骚，下该沈宋，古傍苏李，气夺曹刘，掩颜谢之孤高，杂徐庾之流丽，尽得古今之体势，而兼昔人之所独专矣……则诗人以来，未有如子美者”。这段话现镌刻在杜甫草堂南门前的石碑上，有兴趣的文友们可亲去草堂门前细细品味。

杜甫草堂无疑是每一位写作者都应该常去的文学圣地，不是为了确证你是否到过成都了，这其实不重要。重要的是你可以从诗圣那里源源不断地分享一点才气、灵气、生气、圣洁之气，由此你的写作和境界也许会有新的不同。

被历史烟尘遮蔽的魏先生

在海安乡贤中，最为吾辈景仰的无疑是魏先生，魏建功。他的名字，不仅海安人不该忘记，每一个习汉字的中国人，都不该忘记。魏先生在中国现当代学术史上，无疑占有无人可替代的地位。他是中国现当代顶级的语言文字学家、音韵学家。如果你对魏先生的名字感到陌生，但你对《新华字典》不会陌生吧？自这部开本很小、厚如砖头、便于携带的工具书问世以来，大概很少有学子的书包里会缺了它，在漫漫求学之路上几乎无人未曾受惠于它。有人提供的数据说，《新华字典》自问世以来，发行了三亿册。这应该是一个保守的说法。魏先生就是这部工具书的总编辑。

使用这部工具书的人，大多不知该书的总编是谁。这不奇怪，因为书上未署主编的名字。魏先生大概也不会在意在上面署名，只要这部工具书能具有最高的专业水准，成为大众案头工具书就可以了。放在今天，大概没有人会放弃这样的署名机会的。

还是上世纪70年代，在海安西场中学读书时，听老师简单谈起过魏先生，说北京大学的大学者魏建功是我们西场人。数十年过去了，我对他的了解仅止于此。最近，也是因为要完成有关海安的一篇征文的约稿，我才开始涉猎魏先生的资料。我想，谈海安的地域文化，魏先生无疑是最值得，也是必须大写特写的。在读先生的学术大著和有关生平记载资料时，我曾突发奇想，我想，海安出了这位天才、大师级别的学者，无疑是世世代代海安人都该引为自豪的事，海安的有关部门或热心文化事业的人士，应该将《新华字典》做成巨型雕塑，矗立在城市的中心。在公园里也应该有魏先生的塑像。至于在图书馆或博物馆设魏先生各种版本著作的专柜，陈列有关他求学、生活的遗物，也是不难做到的。

魏先生于1980年2月18日辞世后，遗下了藏书2万余册，以及一些名人的信件、手札等珍贵藏品。请读者诸君注意，且不说那些珍稀古籍版本的藏书价值几何，仅仅是名人信札的珍贵程度，说出来是要让人感到震撼的——这些名人中有鲁迅、陈独秀、胡适、钱玄同、周作人等人。仅仅是陈独秀写给魏先生讨论音韵、训诂方面的信件就有20封。那么这些藏书和信札目前流向何方呢？不太清楚。仅就可靠的记载，有1万多册藏书，因魏先生去世后，其子女搬迁的新居拥挤、潮湿，很难使得这些书得以妥善地保存下去，就以5万元低廉的转让费，转给了武汉华中理工大学人文学院。该学院如获至宝，专设了“魏建功藏书室”，供师生查阅。当然，这也是一个不错的归属。但我这个海安人，看到这个信息时，真有点心疼、惋惜呢！海安人能否在收藏魏先生的身后珍贵遗物方面有所作为呢？这是惠及千秋万代的好事啊。海安的一代代学子们，应该牢牢记住魏先生厥功至伟的学术贡献才是。

虽然此文篇幅有限，不宜写得过长，但我觉得还是需要稍稍花一点笔墨，来对魏先生的学术贡献做一点介绍。因为本人非语言学、音韵学方面的专家，不妥之处请方家赐正。

魏先生于1901年11月7日出生于海安县（当时属如皋县）西场镇。5岁开始就读于西场玉成公小学（即后来的西场实验小学）。从魏先生的年龄看，在而立之年时，中国正处于一个大变革大转型的时代——东西方文化相互撞击，“拿来主义”与整理国故并行不悖，西装革履与长袍大褂擦肩而过，百乐门的歌舞声与麻将桌的“哗啦”声，同时回荡在城市的夜空……那个时代，用许嘉璐先生的话说，在各个学术领域大师级的人物成群涌现。这样一种现象非中国独有，世界人类学家克罗伯也曾提出类似的问题：为什么天才成群地来？就中国来说，类似的现象，大概也只有春秋战国时期曾闪现过。

与魏先生有过密切或较多交往的人有：陈独秀、鲁迅、胡适、周作人、钱玄同、刘半农、顾颉刚、台静农、朱自清、叶圣陶等。这些人中，有的比他年长几乎一辈，如陈独秀与鲁迅，比他大20岁以上，有的年长几岁、十几岁，也有的小他几岁。也许正因为那是一个思想、文化、学术诸领域皆群星璀璨的时代，很多人的目光仅仅聚焦于极少数处于宝塔尖上的人物，而像魏先生这样的学术翘楚，反而被遮蔽了。当然，魏先生被遮蔽还有一个重要原因，是他晚年在那个动乱的年代，被卷入了“宠辱”皆有的旋涡。说“宠”，他曾被江青请去在列车上为她讲解《离骚》，虽然魏先生自称非研究古典文学的专家，只是研究文字学，但江青需要的恰恰不是为她灌输欣赏《离骚》文学价值的知识，而是需要语言学家为她从文字学上来做精准的解读。这是严格的文本细读。谁将《离骚》的字词一个个读通了，谁也就对《离骚》思想艺术的内涵了然在胸

《兰石图》 苏金成

了。从这个角度说，江青并不傻。“反动学术权威”恰如“臭豆腐”，闻起来“臭”，入口是很香的。魏先生受命于这类“勾当”，有什么错吗？还有后来为人所诟病的是，他也曾被组织安排去担任“梁效”写作组的顾问。他的主要职能是为“梁效”文章做文字学方面的“咨询”，防止出现常识性差错。说“辱”，是“文革”开始时，魏先生被打成“反动学术权威”，受尽批斗，不停地被勒令写“认罪”交代材料。鲁迅曾写过一篇批评他的杂文，陈独秀晚年曾向他讨教文字、音韵的学术问题，胡适与他也曾有过亦师亦友的密切关系，这些都成了他被批斗追责的问题；到了“文革”结束，他又成了被严格审查对象，因为那个“梁效”写作组的顾问头衔，让他难脱左右不是人的干系。最终中央有关部门的结论是：“当时是组织调去做咨询性工作，未参加‘四人帮’的阴谋活动，不算问题，不需结论，不入档案。”在那个非常年代，魏先生经历了从“罪人”到“罪人”的身心折磨，在“不算问题”的轻松结论背后，是一位国宝级学人付出的精神抑郁、病患缠身的代价。他在“文革”终结不久后，即走向了生命的终点。在很多人看来，他是有“污点”的人。这个“污点”，在中国特殊的语境中，常常被超常地放大，以致如一团雾霾遮蔽掉了一座学术的山峰。这也是魏先生的学术声名和地位，在很长时间未得到充分肯定的因素吧？

我对魏先生的生平和学术贡献，未做深入学习和研究，粗粗浏览一些材料，觉得起码有三点贡献，是在中国现当代学术史上要留下浓重记载的：

其一，魏先生在中国语言文字学和音韵学方面的诸多开创性的研究成果，体现在由江苏教育出版社2001年出版的皇皇五卷《魏建功文集》中，曾经并继续润泽着一代代学人。1935年正式出版的根据他在北大讲稿整理的《古音系研究》，“综论古今通塞，尚论群贤得失”，被认为是超越前人的“宏通之作”。该书出版时，为之写序言的有罗常培、周作人、沈兼士、钱玄同。沈兼士称：“建功此作，于古音之历史与对象，纵横搜讨，论列详明，能将前人贵古贱今重文轻语之积习一扫而空，诚快著也。”有后学认为其著“囊括古今，包举宇内，气魄宏大，令人震服”。

其二，魏先生对台湾国语的恢复、重建和推广，厥功至伟，是怎么评价也不为过的。在抗日战争胜利前，台湾被日本殖民统治了50年。日本人采取摧毁台湾人母语的严酷统治手段，使得台湾民众基本上只会讲日语，不会或讲不好国语。魏先生在抗日战争胜利后，受命赴台，带领一个专家团队进行国语的恢复、重建和推广工作。1946年4月2日，台湾省长官行政公署成立台湾省国语委员会，魏先生被聘任主任委员，何容为副主任委员，有21位专家为委员。至此，我们该明白了吧，在从事这项工作中，魏先生是领军专家。其中魏先生做了一系列的工作，包括创办台湾第一份国语报纸《国语日报》，他是第一任社长。直至1948年12月，应胡适要求，魏先生回到母校北京大学，任中文系教授。不知今天熟练使用国语的台湾人，是否还记得这位对恢复台湾国语立下开山之功的魏先生？不知道，今天的每一位中国人是否意识到魏先生和他的专家团队，从事这项工作对海峡两岸文化认同的意义，对中华民族统一大业的意义？如果忽略了魏先生付出的心血，我们是否觉得愧对这位汉语言学大师的在天之灵？

其三，就要说到新中国成立后出版的那部开创性的辞书，《新华字典》的编撰和出版了。新中国成立后，魏先生任北大中文系第一任主任。其时，叶圣陶先生任出版总署副署长，经与北大校方协商，请魏先生兼任出版总署新华辞书社社长，主编《新华字典》。为免北大中文系主任之职行政事务影响编撰辞书的精力，魏先生辞去了中文系主任职务，只是在北大中文系任教授。从1950年7月启动这项工程，至1953年12月由人民教育出版社出版，其间历时三年多，数易其稿。叶圣陶从领导层面主抓，而魏先生则负责具体的编务。据悉，这部字典是全世界读者最多、最畅销的字典。加上修订版，至今已出版了11版。有多少国人乃至海外人士受益于这部字典，几乎是无法统计的天文数字。国人在使用这部工具书时，怎可忘却初版总编辑魏先生在这部书中凝结的心血和学术成果?

写到这里，回到前文提起的建议：魏先生的出生地海安，应该为魏先生塑像。我想，魏先生的塑像不应该仅仅矗立在他的故乡，还有他曾求学和工作过的北大校园，以及他为恢复、重建、推广国语做出过重大贡献的台湾。

当然，我更希望拂去历史的烟尘，让这位语言学巨匠的塑像，矗立在每个国人的心中!

鲁迅为何骂中医是“骗子”

一

人的思想、观念总是很难超越历史的局限，即便伟大如鲁迅也难免。诸如他对中医的看法，就显然太过于偏激了，误导了很多后人。因此，如果我们以为人一“伟大”，他说的每句话都是真理，并奉为圭臬，恐怕会带来很不好的后果，乃至成为笑柄的。

庚子鼠年伊始，一场几乎突袭而来的冠状病毒，“折腾”得全中国乃至世界都不得安宁。遭罪的是感染者，最辛苦的是那些超负荷诊疗病人的医护人员。

其中一位武汉民间郎中的境遇，也格外牵动世人的目光。因写此文时，此剧尚在持续播演中，此前的剧情人人皆知，此后的走向难以料测，无须在这里赘述，也非本文主旨。但由此事牵出的另一个话题，倒是值得思考和探究：那就是西医和中医在当下中国的不同境遇。毋庸说，历经近百年的西风东渐，西医在当下中国已经拥有了强大的资源，中医几乎被挤压在一个逼仄的角落里苟延残喘。再加上近年来中药材因生态恶化而带来的质量问题，给中医这门中国古老的传统医学又撒了一层霜。

关于西医、中医孰优孰劣，从新媒体上读到很多文章，众说纷纭，莫衷一是。在下非医界中人，自然只有“吃瓜”的份。凭常识判断，可以说：西医治愈了很多病人，也治死了很多病人；中医治愈了很多病人，也治死了很多病人。西医也好，中医也好，都不是万能的。再高明的医生（包括中西医），都不可能让人长生不死。如果秦始皇真的找到了这类仙丹神药，一直统治着这片土地，想想都令人不寒而栗。人类一个很难根除的思维误区是：把生命、健康的未来，都寄托于医术的发展上。

回到正题上来。前日在与一位文友因那位武汉郎中的境遇而交流对中医的看法时，他谈到了鲁迅对中医的过激之言，认为鲁迅全盘否定、诋毁中医是毫无道理的。文友的外公就是当地很有名望的中医。由此引发我对鲁迅先生中医观探究的兴趣。我想探究的是，鲁迅的中医观是如何形成的？今天我们该如何重新认识他的中医观？

二

鲁迅的中医观，最具代表性的是《〈呐喊〉自序》中的一段话：“我还记得先前的医生的议论和方药，和现在所知道的比较起来，便渐渐的悟得中医不过是一种有意的或无意的骗子……”[①]这就等于把中医一棍子打死。“骗子”一词，也成了人们用来骂某些中医，尤其是民间郎中的一个“广谱”用语。虽然这并非皆与鲁迅

① 《鲁迅全集》第一卷第438页，人民文学出版社2005年11月版。

的“骂”直接关联。

1926年，梁启超因血尿被协和医院误诊误割一侧肾脏后，曾引发轩然大波，因此而掀起一场中、西医之争的笔仗，卷入其中的有鲁迅、徐志摩、陈西滢等大名人。先是陈西滢发文，在《尽信医不如无医》中指责西医：“我疑心就是西洋医学也还在幼稚的时期，同中医相比，也许只有百步和五十步的差异”，认为“有些病中医治要比西医好”。原本对西医持绝对肯定态度的徐志摩，也调整了对西医的态度，撰文支持陈西滢，“我们对于协和的信仰，至少我个人的，多少不免有修正的必要了。”[①]鲁迅则在《马上日记》中反驳陈、徐的观点，表达对中医的看法：“中医，虽然有人说是玄妙无穷，内科尤为独步，我可总是不相信。”“自从西医割掉了梁启超的一个腰子之后，责难之声就风起云涌了，连对于腰子不很有研究的文学家也都‘仗义执言’。同时，‘中医了不得论’也就应运而起；腰子有病，何不服黄蓍欤？什么有病，何不吃鹿茸欤？但西医的病院里确也常有死尸抬出。我曾忠告过G先生：你要开医院，万不可收留那些看来无法挽回的病人；治好了走出，没有人知道，死掉了抬出，就轰动一时了，尤其是死掉的如果是‘名流’。”[②]

笔者在重读鲁迅的有关文章，以及他死后他人的一些回忆文章后发现，鲁迅之所以对中医如此痛恨，来自两个因素：

一是童年时对父亲治病经历的记忆。在《〈呐喊〉自序》中，有这样一段文字：

---

① 转引自杨喆《梁启超晚年“血尿”病案研究》第18页、25页，华东师范大学2017年硕士学位论文。

② 《鲁迅全集》第三卷第327页，人民文学出版社2005年11月版。

我有四年多，曾经常常，——几乎是每天，出入于质铺和药店里，年纪可是忘却了，总之是药店的柜台正和我一样高，质铺的是比我高一倍，我从一倍高的柜台外送上衣服或首饰去，在侮蔑里接了钱，再到一样高的柜台上给我久病的父亲去买药。回家之后，又须忙别的事了，因为开方的医生是最有名的，以此所用的药引也奇特：冬天的芦根，经霜三年的甘蔗，蟋蟀要原对的，结子的平地木，……多不是容易办到的东西。然而我的父亲终于日重一日的亡故了。①

当地有名的中医，这么奇特的药方，终于还是未能治好父亲的病，眼睁睁看着父亲死去而回天无力，这记忆必然是痛苦而锥心的。在《父亲的病》中，鲁迅对给父亲治病的当地名医，印象也非常不佳：开价不低，“阔得不耐烦”；所开药方中有“蟋蟀一对”，旁注小字道“要原配，即本在一窠中者”。“似乎昆虫也要贞节，续弦或再醮，连做药的资格也丧失了。”“还有一种特别的药丸：‘败鼓皮丸’。这‘败鼓皮丸’就是用打破的旧鼓皮做成……”等到各种奇方用毕，仍不见效，医生开始寻找无可把握的病因了：“医能医病，不能医命，对不对？自然，这也许是前世的事……”②

因了童年记忆中对中医的不佳印象，待到一部日本汉医名家汤本求真的《皇汉医学》译本在中国推出时，鲁迅先生便大加挞伐：

---

① 《鲁迅全集》第一卷第437页，人民文学出版社2005年11月版。
② 《鲁迅全集》第二卷第294页，人民文学出版社2005年11月版。

“我们‘皇汉’人实在有些怪脾气的：外国人论及我们缺点的不欲闻，说好处就相信，讲科学者不大提，有几个说神见鬼的便绍介。”“这是‘四千余年古国古’的人民的‘收卖废铜烂铁’脾气……”[①]鲁迅先生自然不会费闲工夫去研读这位日本汉医著作再来批评，只是看到《新闻报》上刊登的中华书局的一则新书预告，便开“骂”了。想想，如果今人这样做批评，大概免不了要被无数人“围殴”的。

三

鲁迅先生中医观形成的第二个因素，那就是特殊的历史氛围。五四新文化运动的两个关键词是“科技”与“民主”，而这两样东西都是要从西方拿来的。被殖民主义者用炮舰轰开大门的中华帝国，经历了“师夷长技以制夷”的洋务运动，到借鉴西方制度设计价值理念的新文化运动，其主流思想风气是抛弃“国粹”，张开怀抱，向西方学习一切先进的科技和政治、文学理念。新文化运动的主帅之一胡适，是主张“全盘西化”的，而鲁迅也是主张“拿来主义”的。鲁迅去日本学习西医，是因为“知道了日本维新是大半发端于西方医学的事实”。后弃医从文，也并非因为西医不好，而是觉得面对精神麻木的“看客”，手术刀的作用有限，需要通过新文学发出思想启蒙的“呐喊”，改变国民的精神人格。因此，在当时

① 《“皇汉医学”》，《鲁迅全集》第四卷第144页，人民文学出版社2005年11月版。

《案上春色》 苏金成

的新潮派人士眼中，与中国传统文化密切关联的中医同样受到鄙视与批判。鲁迅晚年患病，长期依赖一位日本医生的诊治，在临终前也还是这位医生在负责诊治。冯雪峰回忆录称，他和潘汉年曾研究，想通过宋庆龄聘请更好的医生来诊治。鲁迅的病情反反复复，那天晚上转为剧烈，身边的人都很焦急，如果日本医生说“病人很危险，我没有更好的办法了，还是另请高明吧”，可能大家就会紧急考虑请别的医生。但日本医生说了一句含混的话：“只要能够过得了这个晚上，就可以有转机。”①遗憾的是，鲁迅先生终于还是未能熬过这一夜，享年仅56岁。一代文豪在他创作力最旺盛之年与世长辞。为鲁迅诊病的医生当然是西医，而非汉医。设想一下，如果鲁迅能够接受多种诊疗方案，请更好的医生——包括中、西医来治疗，也许可以多活很多年，他的《全集》大概会增加厚厚好几部吧！但是将中医讥讽为“有意的或无意的骗子”的鲁迅，是断然不会让“骗子”来为自己诊病的。

这也不奇怪，那时代的风气使然。梁启超被西医手术刀误割肾脏，但他不觉得西医有什么不妥，也不会幡然醒悟，曾经维续了华夏民族几千年生命的中医有什么“伟大”之处。梁启超“血尿”案，是民国时期引发全社会关注的重大事件，至今围绕其中的某些疑点仍争论不休。梁先生是有名的工作狂，在血尿症状相当严重时，才在友人劝说下寻求诊治。先去了东交民巷的德国医院，院方说不出明确的诊断结果，于是住进北京协和医院。医生经过X光透视检查，发现他的右肾有小黑点，疑为肾瘤，便实施了切割手术。

---

① 冯雪峰《回忆鲁迅》，见《鲁迅回忆录》（中）第683页，北京出版社1999年1月版。

结果右肾切除后，尿血的病症并未根除。医生怀疑与牙有关，又先后拔掉了七颗牙。可以想象，梁先生经历怎样的痛苦。综合后人的各种研究文献看，割掉右肾是一个不当的医疗事故，大概是无疑的。因切出来的肾脏并未发现有何异常病灶，而手术也未能治愈尿血的病症。人们根据梁启超时断时续的尿血症状分析，患慢性肾炎的可能性更大。当协和医院陷入舆论的风暴中，而又保持缄默时，梁启超不得不在《晨报》刊文，感谢协和医院对他的精心诊治，并呼吁“我盼望社会上，别要借我这回病为口实，生出一种反动的怪论，为中国医学前途进步之障碍”。[①]

四

今日反观上世纪梁启超和鲁迅所处的时代，应该可以更为客观地审视两种不同医学各自的利弊。我们既不能因中医未能医治好鲁迅父亲的病，就认同他说的中医是“有意的和无意的骗子”；也不能因为梁启超被误割了肾，就认为西医的手术刀“有意无意”成了杀人的“凶器”。岂可因个别和少数的案例，就对某个学科做整体上的否定？这样的判断肯定是不科学的。两种不同的医学，根植于不同的哲学、文化土壤，都为人类战胜疾病做出了巨大贡献。如何融合中西医的发展，为人类与疾病、瘟疫抗争，提供更多的有效手段，是一道永恒的课题。

---

① 梁启超《我的病与协和医院》，夏晓虹辑《饮冰室合集·集外文》第999页，北京大学出版社2005年1月版。

主张“全盘西化”的胡适对中医的态度，相对比较温和。虽然他力主引进西方医学科技手段，但也不完全排斥中医。他在北大讲课的哲学讲义中认为，中医依托阴阳五行的哲学理念，形成了自己的学说体系。[①]在对待疾病的态度上，实用主义哲学态度帮了他的忙，“帆船太慢了，那就换一条汽船”。1920年，胡适感到身体不适，一用脑就脚底痛。是什么病，他的西医朋友有不同说法。去协和医院诊治，专家认为：病已不可治，但尽人事而已。朋友劝他看中医，虽然从“面子”说，力倡西学的主将，忽然去求中医看病，岂不是自抽耳光？但救命要紧，胡适还是答应了。给他诊病的是北京著名的中医陆仲安，时间不长，他被西医判为“绝症”的病，居然被陆仲安灌中药汤“灌”好了。因此，他很高兴地在陆先生所藏林琴南绘《秋室研经图》上题词：

> 林琴南先生的文学见解，我是不能完全赞同的。但我对于陆仲安先生的佩服与感谢，却完全与林先生一样。我自去年秋间得病，我的朋友学西医的，或说是心脏病，或说是肾脏炎。他们用的药，虽也有点功效，总不能完全治好。后来幸得马幼渔先生介绍我给陆先生诊看，陆先生有时也曾用过黄芪十两，党参六两，许多人看了，摇头吐舌，但我的病现在竟好了。去年，幼渔的令弟隅卿患水鼓，肿至肚腹以上，西医已束手无法。后来头面都肿，两眼几不能睁开，他家里才去请陆先生去看，陆先生以参芪

---

① 孙迎智《医疗史和思想史双重视域下胡适与中医公案的再考查》，2018年《史学月刊》第11期。

为主，逐渐增到参芪各十两，别的各味分量也不轻。不多日，肿渐消减，便溺里的蛋白质也没有了。不上百天，隅卿的病也好了，人也胖了。隅卿和我的病，颇引起西医的注意。现在已有人想把黄芪化验出来，看它的成分究竟是些什么？何以有这么大的功效？如果化验的结果，能使世界的医学者渐渐了解中国医药学的真价值，这岂不是陆先生的大贡献吗？

我看了林先生这幅《秋室研经图》，心里想象将来的无数《实验室研经图》，绘着许多医学者在化验室里，穿着漆布的围裙，拿着玻璃的管子，在那里做化学的分析，锅子里煮的中国药，桌子上翻开着：《本草》《千金方》《外台秘要》一类的古医书。

我盼望陆先生和我都能看见这一日。[①]

胡适理想中的《实验室研经图》愿景，大约等同于今天我们所说的中西医结合吧！

本文对鲁迅的中医观做一点梳理，意在希望更多的人能理智地看待鲁迅对中医的偏激之言，使得这门古老的东方医学后继有人，不断焕发出新的生命力。

---

① 肖伊绯《胡适的“糖尿病”及其他》，见《南方周末》2012年8月16日E23版。

代后记　文学博物馆的“镇馆之宝”

在当下谈经典阅读是不是有点不合时宜？我们的阅读几乎完全碎片化了。那个手机隔几分钟不瞄一下，似乎要失魂掉脑。一位年轻母亲在海滩边忙于发“朋友圈”，没有料到几分钟后，两个在海滩边嬉戏的幼童被海浪吞噬。这是一个令人悲痛欲绝的极致的个案，但的确折射出我们被巴掌大的机器奴役的现状。网友们都在“骂”那位母亲，其实也在“骂”自己。

因此聊聊经典阅读，似乎并非完全是多余的。

强制性阅读与自主性阅读

甭管你从事的是什么行业，阅读与每个人相关。阅读的深度和宽度，决定了人生的高度。

从广义上，我们可以把阅读分成两种：一种是强制性的阅读。从幼儿园开始，到上小学、初中、高中、大学，老师教我们读课本，这叫强制性阅读。另外一种叫自主性阅读，完全由个人兴趣主导读什么。强制性阅读有可能触发和带动自主性阅读，也有可能消灭掉自主性阅读。原因有多种，诸如教育方式等。

有的大学生一毕业，就把课本和相关的书籍扔到了旧书摊。不是因为行囊太重，而是强制性的阅读，已经败坏了他的胃口，让他见到书本就反胃。如果一个人能从强制性阅读，过渡到自主性的阅读，阅读就会成为他精神生活的一部分，就会给他带来无穷的乐趣，也可能给人生带来完全不同的风景和可能。

我认为语文教学的一个重要功能，不仅仅在于教孩子识多少字，如何遣词造句，而是培养孩子的阅读兴趣，从文字表达、意象营造、传递心智中感受乐趣。有的家长成天操心孩子考什么学校，重点非重点、一本或二本、名校或非名校，我有一个看法：如果你的孩子的阅读兴趣一旦养成，他的未来你就不用操心了。

我曾经为写一部名为《小偷回忆录》的报告文学，到看守所调查了50多个小偷的案例。了解他们如何从普通人，堕落到扒窃这个犯罪的群体。原因很多，五花八门，但是有一个共同点，这个群体都不爱读书，受教育程度也普遍不高。这部分人整体素质不高，在社会就业中竞争力不强，这是他们堕入扒窃犯罪泥淖的一个重要原因。当一个人对获取财富的欲望超过自身的能力时，就会产生犯罪的冲动。

今天我在这里主要探讨的是自主性阅读的问题。阅读一定是要让人愉悦的。如果不能让人愉悦，就成为一种负担，就难以可持续。

生存智慧与精神皈依

虽然我曾在文学媒体从业十多年，但我本人阅读兴趣点并不在当下。有时因为职业需要，我必须强迫自己阅读一些作品。因为特殊的历史原因，我总是希望能有更多时间，阅读经过岁月检验有定评的经典。我童年生长在一个“破四旧”、阅读物极度匮乏、精神贫困的年代。1966年小学毕业，各位就知道在需要吸收精神营养的时刻，处于一个什么样的时代。那个时候，语文课不叫语文课，叫“某某某思想课”，课文大多是呼应当时政治环境的时文。可阅读的书籍很少，原图书室的旧书，被当作废品处理掉了。我记得在中学时，从同学那儿借来一套陈登科的《风雷》，被语文老师没收了，因为这部书被当时的报刊批判为“毒草”。因此我常常在一些场合说，我是一个先天不足、后天欠补的人。用中医经常用的术语，叫脾肾两虚。因为总有一种饥饿感，有机会时，我就想尽力为自己填充一点东西。

上世纪70年代初，全国高考尚未恢复。高中毕业后，留在学校代课。当时觉得代课是一个临时性的职业，非长期饭碗，就于1974年年底当兵到宁波东海舰队后勤俱乐部当广播员。每天早中晚用唱片播放军号。事情不是太多。俱乐部是部队机关的文化活动中心，有一个小图书室，但好书也很少。恰好图书室里有一套《鲁迅全集》，一共20卷。其中10卷是创作，10卷是译著。在业余时间，我看完了《鲁迅全集》中创作的全部和翻译作品的大部分。四年后，我从东海舰队调到军报当编辑，战友为我介绍女朋友——是舰队门诊部的医生。有人介绍我的情况，说这小伙子在俱乐部时曾读过《鲁迅全集》呢！于是这个小小的信息，把比我早当五年兵、提干也比我早、有点文艺情结的女军医击倒了，她就成了我的太太，至今也还是。阅读经典管不管用呢？一套《鲁迅全集》就把老婆“忽悠”到手了。有人总想把阅读经典或读书与实用不实用联系起来，这个算得上是最实用的一个例证了。这样的事情，大概现在不会发生了。女孩子一听，也许眼睛瞪得如乒乓球，“哇，是个书呆子啊！读鲁迅能买房、买车、出国旅游啊？有时间不如去卖卖武汉热干面，或去当当房屋中介。”

但是读鲁迅对于我真的有帮助，我从宁波一个基层俱乐部四年后调到《解放军报》当编辑，要感谢周树人啊！我第二要感谢的是，四川大学中文系的恩师们。我的初始学历是高中。80年代中期，我和军报的四位同事获得脱产到四川大学就读的机会。非常幸运的是，四川大学中文系教古汉语、古典文学的老师都超级优秀，而且非常敬业，除了授课，还给我们列一些业余阅读的书目。都是中外名著。我这点古典文学的底子，多亏这些老师啊。记得一位老师说，你们想搞文学创作，如果不把司马迁的《史记》读完，是没有资格搞创作的。遗憾的是，由于种种因素，我至今也还没有把《史记》读完，此生能否读完不知道。面对老师的教诲，至今我从来不敢说，我有资格搞文学创作。

另外要感谢的是，作家出版社给了我一个参加中国历史文化名人传记写作的机会。当时我有些犹豫，因为要把一部长篇历史人物传记“啃”下来，从消化史料到写作，需要花很多精力，而我还在报社岗位上，日常编务事情很多，担心无法按期交稿。出版社领导说，时间可以长一点，你慢慢弄。于是选择了近代启蒙思想家、清代第一诗文大家龚自珍作为传主。这部书前后历时四年完稿。写作逼迫我必须仔细研读龚自珍的诗文，还有大量用文言文记载的生平史料。我感到，我所收获的不仅仅是一部书稿，更重要的是古典文学的滋养。这就是用写作带动经典阅读给我带来的直接收获。

有人也许要问，我的职业不是写作，古典文学的修养对于我们来说毫无实际作用，那么我们阅读经典的意义何在呢？从实用角度思考，确实如此。有些典籍，有的对你的职业、创业可以产生直接作用，有的没有直接作用。从直接作用看，有的企业家运用《易经》的思想和原理，创造中华特色的企业管理模式；有的运用《孙子兵法》的战略战术思维方式，来指导商业竞争，确实也会有实际功效。还有一种实际功效是获得更多的人生智慧，可以让你少走一些弯路，或者避免一些可能带来的磨难。《易经》里有一卦叫“亢龙有悔”，用之于说明人生事业发展，标志一个人正处于某个巅峰阶段，但正是这个阶段也埋藏着危机，如果不高度警惕，则可能会跌得鼻青脸肿。我可以列举身边看到的很多案例，来说明这个带有规律性的人生哲理。

经典代表了一个民族的最为顶尖的智慧和最优秀的创造。在较低的层面上，我们会从中获得每个人都需要的人生智慧，但沉浸其中久了，你就会觉得它可能会成为你精神的皈依。它更多的是满足你的精神需求，至于会有什么具体作用反而不重要了。在“文革”的年代，有一位正处在痛苦磨难中的知识分子，在几乎绝望的时候，读到了《老子》第23章中的句子“飘风不终朝，骤雨不终日”，忽然获得了一种精神支撑。他觉得眼前的磨难不会长久，就如同“飘风”和“骤雨”，很快就会过去。“天道”尚如此，何况“人道”呢？事实证明了老子的观点。其实历史发展的规律也是如此。

前一段时间，我突然接到一位战友的电话，说是有一家单位想请我写点关于老子的文字。电话中我没有马上答应他，我说让我稍稍看一点老子的史料后再商量。然后我就开始读《老子》及其生平史料。过去我对《老子》并无研究，只是概略地知道，老子的思想不就是很多人都知道的“清静无为”吗？当我读进去后，不断地受到如同电击一般的震撼。老子的很多思想和智慧，并非如同很多人所知道的那样。老子的核心思想元素是超越时空的，是传统的也是现代的，属于过去，也属于现在和未来，属于中国、东方，也属于全人类。他寻找的是宇宙运行的规律，生命存在的最佳方式。世人对老子的思想，存在着大量的误读、曲解，其中之一是认为老子的思想是“出世”的，是叫人不作为。错了，老子不是叫人不要作为，而是不要“妄为”。“人法地，地法天，天法道，道法自然”，说的是人的行为要符合自然规律。“为而不恃（二章），为而不争（八十一章）”，说的是要有所作为，但不自恃己能；有所作为，但不去抢夺。

时尚阅读与经典阅读

时尚阅读指的是对当下新创作的作品的阅读，如果范畴框定在文学，那就是指当代文学。但我这里是一个广义的概念，从内容上说涵盖信息、思想、文化、文学，从载体上说，涵盖纸质出版物和多媒体发布的作品（包括音像制品），乃至于游戏。有一款叙事类的电子游戏，名为《暴雨》，是由索尼电脑娱乐（SCE）全球研发工作室与法国多维梦想公司联合打造的。这款游戏因为摆脱了原来的仅仅是竞技和感官刺激的模式，引入了悬念迭起的叙事和情感体验，提升了游戏的文学品质，因而风靡全球。有学者称其有可能颠覆原来文艺的表现样式，成为未来最主流的文艺形式。这一点，我们且不去做判断，我想表达的意思是，我这里提倡经典阅读，但并不排斥时尚阅读。乃至偶尔也体验一下类似《暴雨》这样的新的叙事类游戏。时尚阅读帮助我们了解当下发生的各种信息，有助于我们来处理各种属于当下的事务。阅读当代的优秀文学作品，也可以让我们体验同代人的情感和人性状态。时尚阅读最需要警惕的是，误吞那些未经甄别的垃圾信息或在那些三流文本里耗费太多的时光和精力。

因此，我们千万不要仅仅沉醉在时尚阅读中，而忘记阅读真正能提升我们精神品质和境界的经典。否则我们就可能被大量的泥沙裹挟而错失那些人类思想和精神皇冠上的钻石。这才是能够让我们安身立命的东西。

何谓经典？

卡尔维诺（意大利）在《为什么读经典》中有14条定义：

1. 经典是那些你经常听人家说“我正在重读……”而不是“我正在读……”的书。

2. 经典作品是这样一些书，它们对读过并喜爱它们的人构成一种宝贵的经验，但是对那些保留这个机会，等到享受它们的最佳时机状态来临时才阅读它们的人，它们也仍然是一种丰富的经验。

3. 经典作品是一些产生某种特别影响的书，它们要么本身以难忘的方式给我们的想象力打下印记，要么乔装成个人或集体的无意识隐藏在深沉记忆中。

4. 一部经典作品是一本每次重读都像初读那样带来发现的书。

5. 一部经典是一本即使我们初读也好像是在重温的书。

6. 一部经典作品是一本永不会耗尽它要向读者说的一切东西的书。

7. 经典作品是这样一些书，它们带着先前解释的气息走向我们，背后拖着它们经过文化或多种文化（或只是多种语言和风俗）时所留下的足迹。

8. 一部经典是这样一部作品，它不断在周围制造批评话语的尘云，却也总是把那些微粒抖掉。

9. 经典作品是这样一些书，我们越是道听途说，以为我们懂了，当我们实际读它们，我们就越是觉得它们独特、意想不到和新颖。

10. 一部经典作品是这样一个名称，它用之于形容任何一本表现整个宇宙的书，一本与古代护身符不相上下的书。

11.“你的”经典作品是这样一本书，它使你不能对它保持不闻不问，它帮助你在与它的关系中甚至在反对它的过程中确立你自己。

12. 一部经典作品是一部早于其他经典作品的作品；但是那些读过其他经典作品的人，一下子就认出它在众多经典作品系谱中的位置。

13. 一部经典作品是这样一部作品，它把现在的噪音调成一种背景轻音，而这背景轻音对经典作品的存在是不可或缺的。

14. 一部经典作品是这样一部作品，哪怕与它格格不入的现在占统治地位，它也坚持至少成为一种背景噪音。[①]

可能由于翻译的缘故，有些文字较费解。我觉得这些定义中，最核心的元素是：经典是经得起重读的书，过去读过，今天再读，若干年后回首再读，都能给你带来新的体验和感受，永远不会有过时的感觉；经典在任何时代，都会凸现其与众不同的思想精神品格和超拔的高度。它把那些当下嘈杂的快餐化的、哪怕是红极一时的读物，远远地甩在自己的背后。卡尔维诺对经典的标准是非常高的，他把经典比喻为古代“护身符”一样的东西，可见其多么神圣！古今能够达到这个标准的作品不多。我想，卡尔维诺对经典的定义，应该也是分层次的。如果都用“护身符”来衡量，要彻底颠覆我们以往对经典的认知。很多历史上已有定评的经典，也要降格成准经典或普通读物了。

我个人认为，经典是一个民族乃至人类精神的基石，如果把各种精神创造陈列在一个博物馆里，那么经典是“镇馆之宝”。属于一个民族的经典，哪怕你没有读过，它也会如同基因一样，流淌在你的血脉里。它决定你的心理、思维、观察世界的方式，处理各种事物的伦理。它是一个民族的安身立命之本。打个不恰当的比喻

① ［意大利］伊塔洛·卡尔维诺《为什么读经典》，译林出版社2012年4月版。

吧，我说我们可以造航空母舰了，这在世界范围内实在没有什么好骄傲的，英国人造的世界第一艘航母1917年就下水了，已经有一个世纪。当然这期间航母的规模和科技含量在不断升级。但甭管怎么说，这不是我们独家的东西。且作为兵器，用作卫国，应该看作不得已而为之，更不值得炫耀。但我们说，老子是世界最伟大的哲学家、文学家，他的思想无人可取代。这个老外无话可说，1987年《纽约时报》评选人类古今十大作家，老子凭借区区五千余言的《道德经》名列榜首。我们的四大古典小说名著，唐宋诗词，等等，都是人类最伟大的精神创造。如果我们仅仅满足于阅读时尚读物，忽略从那些伟大经典中吸收精神维生素，就可能患营养不良症，也会因我们的无知而愧对先贤。

我对经典的另外一个认知是，经典都是只有这一个，他人也许可以模仿，但永远无法复制。老子之后无老子，孔子之后无孔子，李白之后无李白，杜甫之后无杜甫，龚自珍之后再无龚自珍，曹雪芹之后再无曹雪芹，鲁迅之后再无鲁迅……他们组成灿烂的星河，发出各自的光亮，却永远不可能被别人取代。他们创造的高度，既让后人仰望，也对后来的创造者形成无法超越的焦虑。我们的精神创造要取得新的成果，唯有站在他们的肩膀上，然后寻找新的路径。一个人要比较快捷地提升自己的人文素质，要让自己在物质富有的同时，也成为精神的富翁，用更多的时间阅读经典，这是最佳的捷径，也是必须走的途径。我们常常形容那些腰缠万贯、一掷千金，却匮乏人文修养的人为“土豪”。他们富而不贵，没有显示出精神与物质相匹配的富有。让“土豪”成为“文豪”，可能难度太大，但通过提倡多阅读经典，让自己变得有教养，却应该是可行的。

读什么与怎么读

回答这个问题，可以说很复杂，也可以说很简单。往复杂里说，我需要为每个人，提供一份个性化的建议，而这个建议还未必能为某个人所接受。这肯定是一件吃力不讨好的事情。往简单里说，我用八个字来概括：因人而异，因时而异。我们不能要求一位企业家与一位大学的教授，去读同样的书；也不能要求每天要工作十多个小时的钟点工，和一位大学博士，去读同样的书；我们不能要求大学理工科的学生和人文系的学生去读同样的书。同样，就个体来说，在不同的年龄阶段，对阅读的选择也应该有所不同，兴趣点也会有异。我们不能要求幼儿园的孩子，去读中学生才能读懂的书；同样，我们也不能要求一位普通大学生去读老学究才会去读的书。

因此，每个人需要根据自己的知识背景、职业背景、兴趣所在，来选择适合自己阅读的经典书籍。从古到今，人类留存下来的思想文化、历史、文学的典籍，如同看不到尽头的绵延的山峰，你用几辈子也爬不完这些山峰。“吾生也有涯，而知也无涯。以有涯随无涯，殆矣。”（庄子）因此阅读什么必须选择。选择什么？这就跟你谈男朋友或女朋友一样，我无法提供具体的意见。什么样的鞋子适合你的脚，需要你在阅读实践中摸索，走出适合自己阅读的路径。就我本人的阅读习惯来说，我常常用写作需求来激发自己的阅读兴趣，想写什么就围绕选题阅读相关的书籍。这样的阅读，对于我来说往往充满激情而不觉其苦。有时候，我也会阅读纯粹消遣的书，这类书放在枕边，有兴趣就翻一翻，读不下去了，就扔到一边去。我觉得最最重要的是，一个人要养成阅读的习惯，尤其是阅读经典的习惯。据说，有一位年轻作家到孙犁家里去，看到他的床头有一部书翻烂了，那部书他不知读过多少遍。那是一部什么书呢？——《古文观止》。

民国时期，鲁迅、胡适、梁启超等大家，都曾在不同的背景下给年轻的学子开过必读书单。他们认为，作为一个中国人，这些书是一些最为基础的阅读书目，今天我们看看这些书目，会为我们的孤陋寡闻和无知而羞愧。我从网上搜索到这些书单，列出来要占用很大篇幅，且未经过核校，这里略去。这些大家开列的书单，有的是面对特定的对象开的，包含了他们个人的阅读趣味。篇目上有很大的差别。我会不会按照他们开列的书单去阅读呢？不会。因为我这辈子有限的时间，无法将这些书读完。而且，有很多书我也毫无兴趣去读。从这些推荐的书单中，我们可以明白，为何当代出不了文学大师。因为很多作家因种种因素，他们的精神思想文化库存实在太贫乏了。先天不足，后天又欠补，靠一点小灵感，只能在矮子里面拔将军而已。

（本文根据作者在复旦大学经济管理学院IMBA班人文讲坛的演讲整理）